愛しき女性たちへ

白金かおる
SHIROKANE KAORU

幻冬舎MC

愛しき女性たちへ

目次

プロローグ

「じゃあ行ってくる」

「行ってらっしゃい。今日は晩ご飯は？」

「今日は午後現場に寄るから、たぶん外で食べてくる」

「わかった。気を付けて。あまり飲み過ぎないようにね」

　毎朝くり返されるサラリーマンの夫と専業主婦の妻の出がけのやりとりだ。裕子が仕事を辞めて専業主婦になったのは二人目の子供が生まれてからだから、もう二十五年以上続いていることになる。夫婦とも仕事を持ち続けるというスタイルを諦めて裕子が専業主婦になったのは、一人目の長男が赤ちゃん返りをして毎朝泣いて保育園に行くのを嫌がり、二人目の長女は長男と同じ保育園に入れず遠くの無認可保育所に預けざるを得なかったからだ。秀司は出来る限り仕事をさっさと片付け、必要最小限にしか残業はせず、家事、育児、何でも積極的に請け合って二人で家庭を切り盛りしてきたつもりだが、母乳育児を理想としていたこともありどうしても母親の負担が大きくなる。保育園で子供の具合が悪くなるとまずは母親に連絡が入り、仕事を早退して引き取りに行ったりすることになる。特に長男は身体が弱く、すぐに熱を出した。朝の検温で少しでも熱があると保育園は預かってくれず、秀司か裕子かどちらかが半日ずつ休暇を取得するか、急遽祖母に来てもらって面倒を見てもらったり、いずれにせよ大変な時期が二、三年は続き、一人目はまだしも二人目の長女が生まれてからはそのような苦労が二倍を超えて四倍にもなったようだった。このままでは仕事に支障をきたして同僚にはもっと迷惑を掛けることになるし、具合が悪くてぐずり母親にすがる子供たちを引きはがして人に預けるのがもう辛いから仕事を辞めたいと秀司に相談してきたのだ。裕子は滅多なことでは弱音を吐く女性ではなかったので、秀司は夫婦共稼ぎという理想を切り替えて、裕子の希望を受け入れた。

秀司は裕子との二人の生活に不満は無い。子供たちからは「お父さんとお母さんは仲がいいね～」などといまだに冷やかし半分でよく言われる。

だが何かが足りないと感じていたところだった。このまま歳を取りこの先何かをやり遂げる意欲も無くなって、死ぬまでただ生きるだけの人生になるのだろうか。何かが欲しい。その何かに使う時間を確保出来ることも、裕子が仕事を辞めて家庭に入ることをあっさり受け入れた理由の一つに違いなかった。

とは言え平凡でも幸せな裕子との日常を壊すつもりなどは全く無かったのだ。

秀司と裕子が出会った昭和五十年代は、結婚したら妻は専業主婦になるカップルがまだまだ多い時代だった。女性は職場の華と考える大企業に就職し、腰掛けOLとして飲食・買い物に精を出し、社内で結婚相手を見つけて寿退社をするのが理想的な女の生き方だ。だから女性は男と結婚するのではなく男が勤める会社と結婚するのだ。秀司たちの母親世代も専業主婦が多く、娘のそんな生き方が当然だし一番安心出来ると考えていたのだろう。だが秀司と裕子はそんな風潮に馴染めなかった。男が一人で生活費を稼ぎ、女が家事と子育てをする。男は家に帰れば上げ膳据え膳でいばりくさる。秀司も裕子もそんな家庭で育ったので、自分たちの親のようにはなりたくないという自然な親への反発もあったと思う。

友人がセットした飲み会で、ショートヘアでナチュラルメイク、大きな目で男と目を合わせることを厭わない女性がいた。周囲の女性がワンレン・ボディコン、濃いめの化粧でブランドや海外旅行の話で盛り上がるのとは真逆のような女性。それが裕子だった。最初に交わした会話はお互いの仕事の内容についてだ。自分の知らない相手の仕事の世界をお互い興味深く聞き入り、かなり突っ込んだ話をしたと記憶している。裕子は自分の考えをしっかり持ち、自分の意見をはっきり言う女性だった。何の照れも無く結婚観にまで話が及び、すっかり意気投合した。お互いの考え方が近ければ親しくなるのも早い。そして秀司と裕子は結ばれた。

その時代は、受験戦争にもまれて少しでもいい学校に入り、大企業に就職するのが学生たちの目標だった。そして職場、合コン、友人の紹介などで異性と知り合い恋愛をする。恋愛は結婚を前提としたものだったので、必然的に結婚。親たちには子供はまだか、早く孫の顔が見たいなどと会うたびに言われ、女性は仕事を辞めて子供を作り育てることに専念する。

だが秀司と裕子はそういう既定のレールに乗ることにあまり興味は無かった。

秀司は学生の頃から、仕事を持つ独立した女性をパートナーにするライフスタイルに憧れていたこともあり、結婚後も女性が自分の仕事を続けてほしいと思っていた。毎日の出来事や良かったこと、失敗したことなどを晩ご飯を食べながら話し合えるし、仕事の愚痴や上司の悪口も夫婦ともに仕事をしているなら自然に共感し合える。会社の同僚と帰りがけに安酒場で上司の愚痴を言い合うより、夫婦で話をした方がよほど健康的で家計にも心にも優しいと思うのだった。第一、夫は妻を所有し支配するわけでもなければ、妻は夫の家政婦でもない。そんな考え方も裕子と気が合ったし、二人はその理想を実現するべく努力してきた。秀司も裕子もお酒は好きなので、仕事帰りに待ち合わせて居酒屋にも行き、たまには高級な和食やイタリアンなどにも出掛けた。子供が生まれれば保育園に預けて二人とも仕事を続けることも、二人にとってはごく自然なことだったのだ。

東京近郊のベッドタウンの最寄り駅で電車を待つ間に、以前は煙草を吸う人間が多くいたものだ。ホームには靴で火を消された煙草の吸い殻が捨てられ、ラッシュ時間が過ぎたころ駅員がそれを掃除する光景もよく見られたが、今はホームはもちろん駅周辺も禁煙で煙草を吸う人間は見当たらず、それに代わってほとんどの人がスマホを見ている。時代は変わったものだ。

秀司も何度か禁煙を試みたのち、今では最後の喫煙から十五、六年経つ。酒も食事も美味しくなり、洋服に匂いも付かない。他人の煙草の煙を吸うのは喫煙中でも不愉快だったので、煙草を吸わないのが当たり前の世の中を秀司は歓迎している。時代は変わったのだ。

そして携帯電話の普及で男と女のコミュニケーションの取り方も大層変わってきた。

今はスマホだ。秀司もスマホを操作する。

「初めまして。ケンジと申します。

六十一歳。既婚。

都内の大手金融機関で不動産関係の仕事をしています。

身体を動かすことが好きで、若い頃はバスケットボール、テニス、ダイビングなどをしていましたが、最近は読書、海外のテレビドラマ、食事とお酒などすっかりインドア派になってしまいました。

何しろ美味しい食事とお酒を頂いているときが最高に幸せで、恵比寿、神楽坂、銀座などによく出掛けます。

ご一緒頂ける大人の女性とお会い出来れば嬉しいです」


秀司がケンジという名で登録しているサイトに新着メールが届いていた。


「ケンジ様。はじめまして。エリカと申します。

プロフィールとお写真に惹かれてメールしてみました。

落ち着いた大人の男性でいらっしゃるのですね。でもとてもお若く見えます。
私は二人の子供と暮らしているシングルマザーです。
それでも宜しければ少しお話し出来れば嬉しいです」

愛しき女性たちへ

一

麻菜は自分が孤独だと思ったことは無い。子供たちは二人とも可愛いし、特段の問題行動も今のところ起こしていない。今の仕事は派遣だが大手通信会社の子会社で、親会社から一定の仕事が入ることからノンビリしたホワイト企業だ。管理職は全員親会社からの出向者でセクハラ・パワハラを恐れてみな優しいというか萎縮している感じだし、厳しいノルマがあるわけでもなく、休暇もちゃんと取れる。事務仕事をちゃんとこなしてさえいればいい。郵便局や銀行へのお使いも多いが少しの息抜きと気分転換が出来るので全く苦ではない。社員全員が出席するセレモニーなどがあるときは一人で留守番をすることもあり、そんな時は多少の疎外感を感じなくもないが、セキュリティー、消灯だけには気を付けて早く帰ることが出来る。総じて今の職場に不満は無く、派遣期間が終わっても会社と交渉して、嘱託かアルバイトでもいいからこのまま継続してこの場所で仕事を続けたいと考えている。今さら他の職場、他の職種なんて無理だとも思う。でも生活はギリギリだ。何とか食べてはいけるが、子供たちもこれから何にお金が掛かるかわからないし、たまには外食もしたい。最後にオシャレをして出掛けたのは何年前だっただろうか。

四十代も真ん中に差し掛かろうとしている中で、自分がオンナであることを忘れて十年以上過ごしてきた。もう結婚はこりごりだが、これで人生が終わるのかと思うと寂しさが募る。まだオンナでいたい。優しくエスコートされるようなデートもしたいし恋もしたい。

ちょっと怖いが久しぶりにオトコに抱かれもしたい。但しイイオトコが条件だ。紳士で清潔感があり、高級なお店でなくてもいいから他愛無い話や大人な話をしながら晩ご飯を一緒に食べる相手が欲しい。そして優しく抱かれて、出来れば金銭的なサポートも欲しい。つまりパパ活だ。麻菜の歳では贅沢な望みだとわかっているし、第一そんな夢のような話があるわけがない。だけど人間夢が無いと、とも思うのだ。

自然な出会いなどもう望めない。外出なんてする余裕は無いし、職場でもそんなきっかけは起こらない。そうか！　こういうのを孤独というのかな、などと考えていたら突然寂しさに襲われた。このままじゃ眠れないと思った。子供たちはもう寝入っている。ネットで出会い系や交際クラブをサーフィンしてみることにした。

ちょっと覗いてみるだけ。女性の登録は多くの場合無料だが、出会い系は不安がある。どんな男なのかまるでわからず、その場限り、ワンナイトの恋人探しなのか、ただでヤレると思っているオトコも多そうだ。風俗関係の業者だったり得体の知れない宗教や投資への勧誘もあるらしい。酷い目に遭ったという口コミもよく見るし、友人のリアルな話を聞いたこともある。

いわゆる交際クラブというものがある。男性は高額な入会金やセッティング料を支払い、好みの女性を写真や簡単なプロフィールリストから選んで運営事務局にデートを申し込むことになっているらしいが、女性は男性を選べず、相手の顔も背格好もよくわからないまま会うことになる。だが大人の関係になったときのサポート希望額をあらかじめ男性は了解しており、容姿や年齢、職業にもよるが相場は三〜五万円、交通費は別途一万円。完全な女性の商品化だけれど、事務局が面談して審査に合格し、高額な入会金や年会費を支払った男性のみが入会を許されているので、ある程度安心出来る相手ではあるらしい。まあ審査に不合格になる男性はほとんどいないんだろうけれど。何かあれば事務局に文句を言ったり助けを求めたりも出来そうだ。それに顔合わせのお茶や食事だけで通常一は貰えるらしい。だが自分には少々ハードルが高そうだ。きっと若くて容姿端麗な女性が多く登録していて、いきなり高級フランス料理などに誘われても困ってしまう。着ていく洋服も無いし、一流料理店での食事マナーなどよくわからない。まあ男性に任せていればいいんだろうけれど。

自分のアピールポイントは何だろう？　取り柄と言えば目鼻立ちがハッキリしていることくらいで、こんな歳でもちゃんとお化粧をすれば見栄えは悪くないと思う。母方の祖母がロシア人だからロシアとのクォーターということになる。比較的彫が深く、目も胸も大きいので男の視線はよく感じる。ハーフっぽい顔立ちだと友人には羨ましがられたり、日本ではハーフやクォーターはモテモテの印象があるが、それは芸能界などごく一部の成功した人たちの世界の話。若い頃はよく声を掛けられたりスカウトもされたが、最近はそんなことも無くなった。

でも性格は悪くないつもりだし、親しみやすい雰囲気と言われたりする。なぜだろう？　いつも笑っているような顔をしているからなのかもしれない。人懐っこい性格だとは自分でも思うが、これもクォーターにしては、という前置きが付くのだろう。でも何しろもういい歳だ。登録を断わられたり登録出来ても誰からも誘われなかったら傷付きそうだ。

マッチングサイトというのはどうだろう。「ハニーパパ」というサイトにアクセスしてみた。ここも女性は誰でも無料で登録出来る。男性は、女性のプロフィールを閲覧するだけなら無料だが、メール送信するためには会費が必要だ。女性とのメールのやりとりが出来なくては意味が無いので、結局会費を払うことになるのだろう。女性・男性ともに事務局の年齢認証を受けた上で自分のプロフィールを打ち込んで登録すると、女性は男性の、男性は女性の登録者のプロフィールを閲覧出来、好みの相手にメッセージを送ることが出来る。写真を載せる載せないは自由だ。会員同士のやりとりに事務局側は一切関与せず、メールのやりとりの後、お互いの条件が合えばお茶、食事、その先、と自己責任で付き合うことになる。会う前に女性も男性を選べるというのが気に入った。自分にも好みはある。贅沢は言えないが……。

ちょっと怖かったけれど、好奇心と万が一イイオトコに出会えたらという期待もあって入会してみることにした。女性は無料だし。

運転免許証などで年齢は確認され、サバを読めないから正直に。プロフィール欄に写真は載せなかった。もし悪用されたら嫌だし、合成だって簡単に出来るので変なサイトに使われたという話も聞く。

入会するとすぐにメールが来始めた。自分のことは殆ど伝えないで、わたしのことばかり聞いてくる。

「どうして登録したの？」

「男と女の営みは好き？」

「いくら欲しいの？」

「かなりの歳だけど、まだ出来るの？」

「二人のやりとりをビデオに撮っていい？」

「ここはおばさんが来るところじゃないよ」

「二万円くれたら会ってあげてもいい」

「起業したいんだけど百万円出してくれれば大切にします」

「あなたの心にいる邪悪なサタンを追い出し、一緒に神の教えに従い幸せを求めませんか」


などなど、殆どはレベルの低いいたずら、からかい。

最近はやりの国際ロマンス詐欺もある。

韓流ドラマに出てくるようなイケ顔の写真を載せて、

「ロジャーいいます。シンガポールに住んでるよ。あなたとは結婚を前提としてお付き合いしましたいと思てます。二人で投資でお金かせぎましょう」

馬鹿みたい。みんなも馬鹿だけど、こんなことをしている自分も相当馬鹿に思えてくる。みんなどうしてそんなに暇なの？

でも中には良さそうな人もいるからやめないのか。誰かと繋がっていたいから、InstagramやFacebook感覚で続けているのかしら。

何人か良い感じ！　と思われる人から写真を要求されたから、ちょっとボケた顔写真や顔がよくわからない全身の写真を送ったが、

「ハーフ？」

「カッコイイ！　是非会いたい」

「うーん……濃い顔はチョット苦手かも」

「洋服を着ていない写真も見せてください」

などなど反応も様々だ。

このサイトではセックス、女子高生、援助、ポルノ、そのほか陰部を表す言葉を使うとメールを送れないように設定されており、露骨な言葉のやりとりは出来ないことになっている。

それにしてもみんな表面的で即物的。やはりこんなものか。お小遣いが欲しいだけのパパ活

女子にはお手軽でいいのかもしれないが。

「ハニーパパ」に登録してから最初の二ヶ月で、何となく良さそうな三人の男と会ってみた。

一人は四十八歳の独身で小太り、普通のサラリーマンでデート場所はタバコの煙がもうもうの新宿の居酒屋だ。添加物だらけの安いつまみを食べてビールを飲みながら、自分の話ばかりしている。ついには例によって仕事と上司の愚痴だ。そんな話を初対面の女性が聞きたがると思っているのだろうか。途中から頭痛がしてきたので帰ると言ったら、じゃあ俺も帰るわ、だって。ロマンチックな会話も雰囲気も、今後の二人の話もまるで無し。こちらからもお断りだけれど、それにしても何のために誘ったのだろう。さすがに割り勘とかは言わなかったが。

二人目は同い年の四十四歳、既婚だが子供がおらずダブルインカムなので比較的自由に遊ぶお金を使えるらしい。だが神経質そうでこちらのことを根掘り葉掘り聞いてくる。

「ハーフなの?」

「クォーターというらしいです」

「どことのクォーター?」

「母方の祖母がロシア人なんです」

「いつ頃離婚したの？」

「六年前です」

「どうして離婚したの？」

「性格の不一致です」

「聞いておいた方がいい性癖とかある？　攻めるのが好き？　攻められるのが好き？」

「相手に合わせます」

「希望額は？」

「え？」

「パパ活目的でしょ？　ワンナイトどれくらいのサポートが欲しいの？」

「ああ……こんな歳なので贅沢は言わないです」

「一でどう？」

「……考えてみます（一じゃなぁ……）」

三人目は学会とかで東京に出張してきた地方の医師。五十三歳で少し太めのダブルのスーツ姿。新橋駅にほど近いホテルのイタリアンレストランに誘われた。ホテルのレストランと言ってもネットで調べてみるとそこはカジュアルな雰囲気で、仕事の帰りに友達とちょっと寄って憂さ晴らしして帰るような窯焼きピザが売りの場所なので、臆することなく誘いに乗った。

仕事のこととか好きな食べ物の話などをしながら食事をし、デザートとコーヒーを飲み終わった頃、

「じゃあ行こうか。部屋を取ってある」

え?……別に危険な匂いがするわけではないが、初対面で寝るの?

「あ、いえ今日はお食事だけというつもりでしたので……」

と言ったら急に険しい顔付きになり声色も変わって、

「いくら欲しいんだ!」

と言ってきた。そこでちょっと怖くなり、取りあえず謝ったけれど、割とハッキリと言う性格なので、

「ごめんなさい。でも私メールで言いましたよね。まずはお食事だけって」

「もういい!」

と言い残し、乱暴に席をたって一人で帰って行った。さすがに会計はしていったが。

凄く気分が悪かった。私が馬鹿だった。マッチングサイトで出会うオトコなんてこんなもの

なのだろう。みんな少しでも手軽に早く安く女を抱くことだけしか考えていない。本当は食事代も払いたくないんだろうと思った。

もちろん三人とも交通費などはくれなかった。


やっぱりこんなところでイイオトコと出会えるわけがない。ロマンチックで静かに愛が醸成される出会いなんて妄想だったのだ。時間の浪費だった。しかも不愉快な気分になるなんて。もうやめよう。

と言いながらグズグズと続けているうちに三ヶ月も経っていた。次々と女性が登録するので、オトコもだけど、一ヶ月もすると『古い』登録者は後ろの方に追いやられて見向きもされなくなる。

メールも殆ど来なくなり、新規に登録した男のプロフィールを読むのも飽き飽きしてきた。もう辞め時かと思った。

今日が最後というつもりで最後のアクセスをした。

そして見つけた。

何となく今までで一番良さそう。ちゃんと写真を載せている。多くのオトコが自分の写真を載せずに、或いは車やバイクの写真を載せて、女性の写真ばかり要求して誘おうとしている中で、その男は自撮りのスマホで顔は少しぼかしているが、オシャレでスタイルが良さそう。そして……落ち着いた熟年で清潔感があって優しそう。写真で見る限りだが、歳はいっていてもなかなかのダンディーっぽい。

即メールしてみよう！

このサイトでは、女性が男性に、または男性が女性にドタキャンされたり失礼な態度を取られたり、騙されたり危険を感じた時にバツ印の通報を付けることが出来、そのバツ印は相手側にはわからない仕掛けになっている。その男は通報が五個付いていた。だが麻菜は気にしない。条件が合わなくて会えないというだけで、腹いせに通報するオンナやオトコはたくさんいるらしいし。

そんなことよりグズグズしてると若いオンナからのメールが殺到して私のメールなんか埋もれて見てもくれなくなっちゃいそうだ。このサイトは女性会員の割合が七～八割で圧倒的に女性が多く、競争が激しい。新規の男性会員でイイオトコの獲得は早い者勝ちなのだ。

「ケンジ様。はじめまして。エリカと申します。

プロフィールとお写真に惹かれてメールしてみました。

落ち着いた大人の男性でいらっしゃるのですね。でもとてもお若く見えます。

私は二人の子供と暮らしているシングルマザーです。

それでも宜しければ少しお話し出来れば嬉しいです」


このサイトでは実名を使うことを禁止しており、みな俳優の名や童話に出てくる名を名乗ったりしている。麻菜はエリカというハンドルネームで登録しており、プロフィールに写真は載せていないが、大人の関係を前提にした付き合いを前向きに考えていることを示す『積極的マーク』を付けてある。

記念すべき最後のアクセスと決めていた。その最後のアクセスで見つけたヒト。何となく素敵な予感。そう思っただけでウキウキした気分になってくる。

麻菜は自分がまだ夢見る女子だったことを実感し、新陳代謝が促され全身の細胞が若返るような久しく忘れていた喜びを感じるのだった。

二

「おねだりしてもいいですか？」

珍しく幸恵が耳元でささやいた。

「秀司さん、シャンパンを頂いていいですか？」

今日は幸恵の誕生日で、食事をしながらシャンパンと白ワインを飲んだが、お店でもシャンパンを飲み直したいと言う。幸恵の誕生日でもあり、新しいお店への初出勤の日なので、お店へのアピールもあるのだろう。いずれにせよ幸恵がはっきり言うのは珍しい。ダメだと言うわけにもいかず了解したが、最低でも七万円だ。今夜の「モナミ」の支払いは十二、三万円になるだろう。

秀司は銀座の夜が好きだ。会社の接待などで色々な店を利用してきたが、今はそのような立場ではなく、接待されることも減った。そんな場所に自分のお金で通う身分ではないことは十分わかっているが、自分を担当してくれている綺麗な女性と連れだって上質な食事と酒を頂き、同伴先の店ではうやうやしく扱われる。つまり容姿も会話も一定以上に洗練された女性にモテたつもりになって、自分は一流の男だと思いたいのだろう。交際費を多く使える企業の営業なら一流の店を知っていることは強みにもなるかもしれない。事業が順調な個人事業主であれば、利益が出た時に多額の税金を払うくらいなら経費で遊ぶことを考え、たとえ女性にモテそうもない風貌でも店の女性は快く接してくれていい気分になれる。そのような店の需要もあるだろう。以前は老舗呉服屋等の若旦那がクラブや料亭文化の担い手として遊んだのだろうが、最近はＩＴ関連で成功した実業家や大きな利益を上げられた不動産業者などが主客で、三十代、四十代でも一箇所で百万円くらい使うのは普通らしい。銀座や麻布、六本木の高級クラブでは月に五百万円くらい使う若い客が珍しくないという。高級クラブのママやチーママの誕生日というと高価な反物やバーキンがプレゼントされるのは当たり前、その上で市販価格五十万円程度の一九七〇年代ドンペリＰ３、六十万円はする一九九〇年代のクリュッグ・クロ・ダンボネや二百万円を超えるロマネコンティなどが抜かれる。店での値段は二、三倍はするのだろう。先日は幸恵が以前勤めていたクラブで、席に着いた女性七人全員にドンペリ・レゼルヴ・ドゥ・ラベイをプレゼントした客がいたそうだ。これらは特殊な例かもしれないが秀司とは住む世界が全く違う。

だが、そこまで金を使って何か良いことがあるのだろうか。クラブの女性と知り合い、ちやほやされたところで、イイ女にモテモテの一流の男だという自己満足以外に特段得るものは無いように思える。高級な料理屋での食事を促され、お店に同伴すると最低でも一晩十万円は掛かる。かといって恋人同士のような付き合いや男女の関係に発展するのは、よほどいい地位にいて、かつ自由に交際費を使える身分か、あるいは中小企業でも何かのはずみで業績が好調な社長連中が、頻繁に通える場合だろう。少なくとも秀司の場合はそのような発展は無かった。それが高級クラブの女性なのだ。頻繁に通って、多くの金を女性にも店にも落とせないとだめなのだ。新宿や出張先の大阪でクラブやバーの女性と関係を持ったことはあったが、一流クラブではなくとも結果的に相当な出費となった記憶がある。大人の関係を望むならば、もっとリーズナブルで合理的な方法はいくらでもありそうなのだが。まあそんなことを考えるくらいだから、銀座のクラブは秀司の遊び場ではないということなのだろう。

ある脳科学者によると、男性は女性に比べると快楽の刺激に中毒になりやすいらしい。高いお金を払うことが馬鹿馬鹿しいと感じつつ、美しい女性に認められ承認されること、高いお金を払える社会的地位があると認識されること。つまり高級クラブではオトコとしての承認欲求が満たされて、テストステロンが分泌されモチベーションが上がるのだ。

プロの女性たちは主張せず反論せず、いつも男の意見に同意をする。なぜなら男は主張しない女を求めているからなのだ。自分だけがいつも尊敬され評価されたいのだ。

他者から評価されることが快楽として認識されるオトコの性質を上手く利用して商売をするという、クラブは一種の社会システムなのだろう。

銀座八丁目のソニー通りと並木通り、花椿通りに囲まれたビルの地下に、「おおたけ」という天ぷら屋がある。銀座には美味しい天ぷら屋が多くあるが、「おおたけ」は秀司が一番気に入っている店だ。カウンターが八席程度、テーブル席が二つ、奇をてらわないオーソドックスなインテリアと清潔な白木のカウンターのこじんまりとした規模感もいい。秀司はいつもL字型カウンター席の右隅の二席を予約する。大将が手際良く食材を扱う姿を見れるのも楽しいし、客席、オープンキッチン、厨房ともに白々しい蛍光色の灯りを一つも使っていないところも落ち着く理由かもしれない。適度な距離感を保って接してくれる大将と賄いの女性は、こちらの要望を聞き入れつつ食べるスピードと時間を見計らってタイミング良く料理を出してくれる。

食材はオーソドックスだが、太白胡麻油で上手に揚げられた天ぷらは素材の味が素材以上に生かされて、てんぷらは蒸し料理だということが良くわかる。先付や造り、箸休めは大将が工夫した取り合わせと味付けで、必ず女性に喜ばれ、素敵な時間を過ごせる店なのだ。

一、二ヶ月先まで予約が取れない天ぷら屋、というのが銀座にはいくつかあるが、先日出向いた高村という店では、六時と八時半の二部制になっていて、終了時刻が近くなると次の客が待っているから、と退店を促される始末で、ゆっくり食事や会話を楽しめる雰囲気はまるで無かった。有名になった店にありがちなことではあるが、じきに客足も遠のくだろう。そこへいくと「おおたけ」は極めて居心地が良く、いつまでもこの雰囲気を失わずに頑張ってもらいたいと秀司は思うのだった。また、いくら食事が美味しくても、いつも同じ物を出していては飽きられる。眼も舌も肥えている銀座の客にリピートしてもらうには、創意工夫が必要だ。今日の箸休めは真鯛のカルパッチョにトリュフをあしらったサラダ風のもので、幸恵も「美味しい！」と思わず声を上げている。そういう部分でも「おおたけ」は女性を連れた秀司を極めて満足させてくれる店なのだ。

「お酒を少し楽しみたいのでつまみを適当に。その後でお任せで揚げてください」

そしてシャンパンのハーフボトルを開けてもらい、幸恵の誕生日の乾杯をした。

真鯛のサラダはトリュフの薄い塩味と絡まって絶品だった。さらにシャルドネのボトルを開けてもらい、一月中旬だったが、走りと言うのだろうかタラの芽やフキノトウの天ぷらを味わった。初春の苦みが最高に幸せな気分にしてくれる。

「美味しい。幸せ」

連れの女性に、しかも美しい女性にそう言われて喜ばない男はいないだろう。もちろん秀司も嬉しかった。さすが秀司さん、と言われたような気になり承認欲求が満たされた。男は単純だ。


「今日はお時間の方は？」

幸恵が化粧室に行っている間に大将が聞いてきた。当然同伴だと見抜いている。幸恵はいかにも水商売という化粧や髪型、衣装ではないが、銀座の料理屋にはお見通しなのだ。

「八時過ぎには出たいので、そんな感じのスピード感でお願いします」


美味しい食事と上等なワインを頂きながら他愛の無い話をしていると、あっという間に時間は過ぎて行く。デザートの時間になると幸恵にはろうそくを立てた小さなケーキがサービスされた。誕生日だとは言っていなかったが、二人の会話を聞いて大将が気を利かせたらしい。秀司も驚いたが幸恵は大層喜び、目をつぶり小さな声で願い事をしてから口をとがらせ、ろうそくの火を吹いた。

「今年こそ結婚出来ますように」

ところがろうそくは消えず、

「そんな願いは受け付けてくれないらしいわ！」

と二人で笑った。


「モナミ」の出勤時間は八時半だが初出勤にも拘らず少々遅刻しそうだ。ペナルティを課せられるが、今日は特別な客と同伴だと言ってあるので構わないと言う。「モナミ」へは歩いて五分も掛からない。

「おおたけ」の隣のブロックで、西五番街通りに面したビルの三階に「モナミ」はある。オーナーが趣味で集めたという十九世紀末のガレやドーム兄弟のリプロダクトものと思われるガラスの花瓶、一目で一級品であることがわかる様々なグラスが飾られたガラスの飾り棚で各コーナーが仕切られ、使い込まれたカーペットが一部は重なるように敷かれている。ガラスのショーケースやソファーの縁取り、席の仕切りには所々にロートアイアンも品良く使われ、適度に抑えたアールヌーボー様式のインテリアで統一された店内は、銀座の高級クラブの多くがそうであるような過剰にデコラティブな装飾や必要以上の明るさは無くシックという言葉が馴染むインテリアである。席の後ろに静かに灯るスタンドライトの光も手伝って、女性たちが益々美しく見えるのだ。

「お化粧を直してきます。お席で待っててね」

幸恵にそう言われ、男性のフロアスタッフに案内されて席に着く。

幸恵との付き合いは三年ぐらいになるだろうか。以前は銀座八丁目の「樹里」というクラブにいたが、二年ほどで「モナミ」に移った。街でスカウトされたり、お店のママやチーママクラスの女性から他の店での経験を促されることもあるらしいが、お店を移るときは客のボトルも一緒に引っ越しをするのが銀座のクラブのルールだ。確実に客も連れて行く、ということで、ホステスのスカウトは銀座では重要な、一種確立された職業でもある。もともとクラブの客はそれぞれの女性ホステスの客であり、プロのホステスはクラブという場所を借りて個人営業をするという立付けなので当然と言えば当然だが、御無沙汰している客に連絡を取るきっかけにもなるし、新しいお店にご案内するのでお祝いして下さい、というメッセージが色々な客に送られることになる。秀司もその一人だが、そろそろ限界を感じていた。「樹里」も「モナミ」も、最低でも五万、ボトルを入れると七、八万は掛かるし、幸恵とこれ以上の親しい関係になるのは望み薄だ。今日で最後にしようと毎回秀司は気持ちを固めていたが、酔うとそんなことも忘れてしまう。

客と懇意になり、店を通さずに金銭を受け取る関係になることを「裏引き」といい、重大なルール違反だ。店の了解を得ずにそれをしてバレた場合、多くはクビになり、他の店でも働けなくなることも多いらしい。客はホステスの個人営業先であると同時に、店の客でもある。売り上げはホステスと店の折半が基本なので、同伴して店にお金を落としてもらうのがルールだ。店を通さないでサポートしてもらう「裏引き」はホステスにとって魅力的に感じるかもしれないが、それをするのは素人、ということになるらしい。そのようなリスクを負ってでも大人の付合いをしても良いと思う相手は、よほど惚れるか、金持ちで長期的にパパになってくれる男ということなのだろう。或いはママの了解を得るか、個人的な付き合いに加えて気前よくお店にも顔を出すか。

秀司にはもちろんそんな甲斐性は無いが、少々無理してたまに幸恵と会い、「モナミ」に同伴する。今夜も秀司は承認欲求を満たされたのだった。

秀司が華やかな世界にいる幸恵の美しさに憧れる一方、幸恵自身は案外孤独だった。十年以上夜の世界に身を置いて、美人で気立ても良く所作が洗練されていることから幸恵のファンとなった紳士の客が多くいるが、幸恵が思う幸せはなかなかここでは掴めそうもない。故郷には戻れない事情があり、自らの勝ち気な性格を銀座のオンナらしくベールに包んでいる。

幸恵は和歌山の出身だ。父親が乱暴者で、酒に酔っては母親を叩いた。酒を飲まなければ幸恵と姉を可愛がってくれたが、外でちょっと気にくわないことがあると酔って帰り、家でも飲んで母親を叩いた。姉と幸恵は古くて建付けが歪んだ襖の隙間からその恐ろしい光景を見て、耳を塞いでその時間に耐えたが、そのうち二人で家の外に出て嵐が収まるのを待つようになった。そして顔を押えて崩れ落ちた母親に、冷たい水に浸した手ぬぐいを当ててあげるのだ。十年以上そんな生活が続いただろうか。突然父親が死んだ。物流倉庫の仕分けやトラックの運転をしていたが、長年の不摂生がたたったのだろう。母親は葬儀の後数日はボーッとしていたが、すぐに気を取り直し親戚が経営する惣菜屋でパートの仕事を始め、姉と幸恵を抱いて「おかあちゃんは二人だけが生きがいだよ、二人のために頑張るからね」などと明るく言ったのだった。以来女手一つで幸恵と姉の二人を育ててきた。

だが狭い田舎の世界では、姉と幸恵が美しくなるにつれやっかみや警戒心もあり、妙な噂も立ったりする。片親で年頃の姉妹を見る目は優しくはないのだ。母親の気遣いも幸恵には重く、感謝はするも息苦しく感じる。地元の高校を卒業するとすぐに、東京で事務職として就職した。美しくスタイルも良いので社内外の男からよく声が掛かったが、普通の男には父の姿が被る。まだまだ、もっと理想の男がいるはずだ、私は安売りはしない、男に依存しないで生きると決めていた。だが給料は安くこのままでは木造のアパートから抜け出せそうもない。若い女性に人気のあるブランドものの洋服やバッグなど手が出るはずもなく満たされることは無かった。それでも数年は頑張ったが、アルバイト感覚で始めた水商売をきっかけに自然に夜の世界に入っていったのだった。

一年に二回ほど帰省する。水商売に身を置いたことを知っている母親は、上げ膳据え膳で世話をやき仕事のことや危ないことは無いのか、好きな男はいないのかなど根掘り葉掘り聞いてくる。母親のことは大好きだったが、二人になるのが辛い。母親は、娘たちが自分のような不幸な女になってほしくないといつも思っていたのだろう。そんな母親に感謝しつつも幸恵には重いのだ。次第に近くに住む姉の家に寝泊まりすることが多くなっていった。姉は早くに宗教を通じて知り合った男と結婚し、専業主婦として二人の子供を育てている。長女らしく自分の意見、生き様が完璧なものと信じており、幸恵に会うたびに入信を勧める。

「水商売なんていつまでも出来るものじゃないでしょう。私はあなたの不幸が見ていられないのよ。あなたにも幸せになってもらいたいの。信者にいい人はいくらでもいて、いつでも紹介するから帰っていらっしゃい」

会うたびにこう言われ続けることに辟易とし「何よ、水商売の女は不幸なの？　お父ちゃんのことを忘れたの？　私は男に依存して生きていきたくない」などと反論したくなるのを抑えることにも疲れてきた頃、母親が癌に侵されていることがわかった。健康診断などとは無縁で働き続けたのだろう、助かる見込みはほぼ無いほど進行していた。母親が死んだらもう故郷には帰らないだろう。かといって三十五歳になろうとしている自分は、一流のお店のホステスとしては限界だとわかっている。自分でお店を持つ気持ちは無く、準備もしてこなかった。サポートしてくれるようなパパもいない。このまま歳を取りホステスをやっていけなくなったら自分はどうなるのだろう。そんなことを考えると暗くなり落ち込むので考えないようにしているが、いずれ現実味を帯びてくるだろうこともわかっている。

ホステスでも付き合いが長いとそんな身の上話も聞くことになる。そんな幸恵が愛おしいと秀司は感じている。聞いたところでどうにかしてあげられるわけでもないのだが、二人で会って他愛の無いおしゃべりをしたり楽しく食事をしていると、幸恵を守ってやりたいと思うのだった。

幸恵は秀司のことが好きだと言っていた。商売上のリップサービスがほとんどだとしても、お店を変わるときの面接に同伴してもらいたいと思うのは秀司だけらしく、事実、「秀司さんに一緒に行ってもらって、どちらのお店がいいか意見を聞きたいの」などと嬉しいことを言うので二回ほど付き合ったこともある。だが秀司は幸恵の人生を変えられるようなリッチな人物ではない。出来ることなら家賃分くらいの支援はしてあげたいと夢を見たこともあったが、もちろんそんな身分ではない。第一秀司には、女に入れあげて家庭を壊すなどということは考えられないのだ。秀司は自分が妻の裕子を大切にするある意味固い人間だと自負している。子供たちをしっかり育て上げ、二人でゆっくりと引退後の生活を過ごすことが自分の人生の目標なのだ。

「結局女は男の人次第なんですよ」

幸恵から何回か聞いた言葉だ。母親の昭和の時代はそれも幸せの選択肢の一つだったのかもしれない。女はサラリーマンの男と結婚して子供を育て、夫の昇給や出世を喜び、長期のローンを組んで住宅を買う。

住宅双六などと言われたが、最初は木造のアパート、次に鉄筋コンクリートの賃貸マンション、頭金を貯めて住宅ローンを組んで分譲マンションを購入、当時は土地や住宅の値段が上がるのが当然だったので、マンションを売却して郊外に庭付きの一戸建て住宅を買って双六の上がりだ。右肩上がりの高度経済成長期にはそんなコースも成り立ったのだが。

一九九一年のバブル崩壊と共にそのような人生モデルは成り立たなくなったにも拘わらず、社会の様々な制度や考え方は昭和のままだ。企業は相変わらず一括採用、一斉入社。以前は毎年昇給もしベースアップもあった。だが今ではろくに上がらない給与にしがみ付いて定年まで勤め続けるしかない。それでも大企業のサラリーマンになった男をゲットするのが女の幸せなのか。税制も社会保険等の制度もサラリーマンの夫と専業主婦の妻、子供二人。世帯主は夫。

そもそも世帯主とは何だろう。

そんなことを考えていたら幸恵は小さな声でこう言うのだった。

「結婚したり、お金持ちのパパにお世話をしてもらったりするのが幸せだとは思わないけれど、女が一人で生きていくのはとても大変。結局立場の違いはあってもみんな男の人に頼って生きているんです」

三

秀司は結婚した以降も、何人かの女性と付き合ったことがある。水商売の女性や風俗ではなく、素人の普通の女性、殆どは仕事関係で知り合った家庭のある女性で、いわゆるW不倫だ。大抵は仕事の区切りが良い時の飲み会などで意気投合し、酒の勢いでそのまま、或いは後日二人で会うことになり、大人の関係に発展するというパターンである。

大きな建設プロジェクトや都市再開発事業では、施主あるいは権利者で構成される再開発組合、施主代行のコンサルタントや金融機関、設計事務所、ゼネコン、行政機関など多くの組織から担当者が集まって定例会議を開催して事業を進めていくことが多い。秀司は信託銀行の不動産コンサルタント部におり、取引先の様々な企業の不動産や建築の相談に乗る中で、企業所有の不動産の有効活用事業などで施主代行という立場で開発事業に携わることも多かった。その場合は会議体のメンバーの中では当然ながら発言力が強く物事の決定権者となるので、会議体のメンバーからは尊重されることになる。もちろんプロジェクトの進行具合は逐一施主に報告しお伺いを立て了解を得る作業を繰り返さなければならないが、ほとんどの施主は事業採算にしか興味は無く、プロジェクトの社会的意義や建物のデザインが社会に及ぼす影響には関心が無い。採算さえ見込めれば、ある意味秀司の胸先三寸で方向性が決まるので、大学で建築や都市計画を学び、優れたデザインの重要性や街づくりの理想を持っていた秀司には楽しい仕事である。

奈保子とはある大型の建設プロジェクトで知り合った。複数の権利者の意向を纏めて行政と折衝をするコンサルタント会社の担当者として奈保子は事業の初期段階から携わっており、秀司との仕事上のやりとりも多かった。黒髪のロングヘアーで背も高く、大抵黒いパンツスタイルで、特に秀司のタイプというわけではなかったが、張りのある体付きが魅力的な人目を引く女性だった。

ある晩、事業の基本構想について所轄の役所の担当者との打合せが終わり、区切りとして関係者六人ぐらいで飲んでいたが、気が付くと二人で四谷のバーで飲んでおり、そのまま大人の関係になった。記憶が無くなるくらい酒を飲み過ぎることはたまにあったので、どのような経緯で二人きりになったのか、どうしてホテルに行くことになったのか覚えていなかったが、秀司はあまり気にしなかった。奈保子は記憶を無くすことは無かったが酒好きで、酒が入ると気持ちがおおらかになりこの晩のようなことになったのだった。秀司も若かったので、多少の酒でもオトコとして少しは役に立ったらしい。

奈保子は中一の娘と公務員の夫と暮らす三人家族で、生活や仕事に特段の不満も無かったが、大学の同級生で初めての男だった夫と二十三歳で結婚し、二年後に長女を出産してから十三年間、仕事と子育てに追われ続けて気が付けばアラフォーでオンナを磨くこともデートでワクワクしたり緊張したりするような世界を知ることもなく過ごしてきた。

だが建築の世界は大好きだ。男の職場などといまだに言われることも多いが、奈保子は気にしない。ヘルメットをかぶり、頑固な職人の話を聞いたり仕事ぶりに感心したり、左官の親方から仕事を教えてもらった時には自分の体力の無さに腹が立ち、猛然と筋トレを始めたこともある。負けず嫌いだったのだ。現場の職人たちも最初は若い女の監督など見向きもしなかったが、奈保子の熱心さと真面目さに段々心を開き、仕事を教えてくれたり注意してくれたりするようになるのだ。そして奈保子の一番の強み。それは酒好きだということ。現場事務所で、或いは帰りに職人の親方たちと飲むのが大好きで、だから事務所での書類仕事やパソコンを駆使する仕事より現場に出る方がよほど自分らしくいられるのだった。

職場の上司や同僚は女の奈保子が職人たちと飲むことを心配するが、そういう危険を感じたことは一度も無い。むしろ年配の親方たちは奈保子に、

「早く帰れ、男には気を付けろ、酒はほどほどにしておけ……」

などと親みたいな注意をしてくれる、そういう雰囲気が奈保子にはあるのだ。さっぱりしている。一緒にいると楽しい、酒好きで明るく性格のいい男の子みたいな雰囲気なのだった。

奈保子は頑張り屋だった。二級建築士を手始めに、一級建築施工管理技士、建築積算士、一級建築士と次々と資格を取り、ついでに宅地建物取引士、再開発コーディネーターの資格まで取ってしまった。

建築やインテリアが好きな女性は多いが、彼女たちの関心の高いインテリアコーディネーター、ライティングコーディネーター、キッチンスペシャリスト、整理収納アドバイザーなどの資格取得には目もくれず、ハードな建築設計施工の世界に取り組み、生真面目さと集中力、行動力で生きてきた。

そんな奈保子は、勤めている建設コンサルタント会社の中でも評価が高く、若くして管理職の肩書きをもらい、時代の波に乗り給与やボーナスも相当な額を獲得していた。

面白くないのが大学の同級生だった夫だ。都下の市役所に勤める夫は仕事は地味で、地位は

安定し解雇等の心配は無いものの収入は低く、仕事上の特段の目標や夢も持てずに漠然としたつまらなさを感じている中で、妻が高額の報酬を得て毎日はつらつと仕事に出掛け、ほろ酔いで遅くに帰ってくるのが段々気に入らなくなってきており、

「俺が亜美の面倒や家事を相当こなしてやってるから、お前が好き放題に生きていられるんだ。もう少し俺に感謝してもいいんじゃないか」

などと単調な仕事や低い給与からくる鬱憤を奈保子にぶつけ始めていた。

「男も女も能力次第。資格取得には協力するし、好きな仕事なんだから張り切って頑張れ」

などと結婚当初は言っていた。ダブルインカムノーキッズの時代には仕事帰りに待ち合わせて、世帯収入に余裕もあったことからグルメ雑誌に掲載される人気のある料理屋に出掛けたり、レストランなどの予約サイトを利用し背伸びして高級店などに行くことも多く、それなりの都会生活も享受したのだった。

だが子供も生まれ、生活も所帯じみてくると言うのだろうか、或いは恋人同士のような刺激も感動も次第に薄れ、外食にも飽きてくるとお互いの価値観の相違や不満も浮き彫りになってくるのだろう。

日本はいまだに世界のジェンダーギャップ指数ランキングでは百位以下、いまだにと言うよ

り毎年後退しているくらいで開発途上国や共産圏諸国よりも低い。そんな国で昭和世代の両親の間に生まれ育った夫は、口では男女平等とは言うものの「男らしさ」や「夫の威厳」みたいな古い価値観がすり込まれている。収入の多さや経済的に頼られていることによって自分の存在価値が確認出来る。それが「主人」であり「夫」であり「世帯主」たる所以というもので、要は尊重され威張りたいのだ。頭は平成や令和の感覚でも、心の実態は昭和なのだ。

イスラム教の中でも比較的過激な宗派では、妻は夫の所有物であり夫は支配者なのだという。日本の男たちも、妻は三歩下がって夫に従い……心のどこかではそれを望んでいるのだろう。無意識かもしれないが。

男の方が優秀で尊重されるべきだなどという思想は新石器時代、農耕文明の発展とともに生まれたもので、大きな道具を使って土を耕し重い作物を収穫するには男の腕力が重宝されたからだという説がある。それ以前の時代も、他の集団との紛争や肉食獣と戦いながら獣を狩って洞窟まで持ち帰るには力強さが必要だったのだろうが、それによって男の方がエライなどとは考えられなかったようなのだ。単なる性と役割の違いという認識で、異性を尊重し合っていたのではないかと考える研究者もいる。

農耕文明の浸透によって食料の調達が行き当たりばったりの自然任せでなくなる、つまりある程度計画的に富を蓄えることが出来るようになると、それを指導・管理する権力が発生する。富を巡って争いが引き起こされる。争いに腕力は付き物だ。

このようにして男が腕力に物を言わせて政治をしきるようになり、それが九千年近くも続いた後に、二十一世紀になった。戦争の世紀が終わりコミュニケーションの時代になっても、長い年月に培われた男優位の思想は世界的になかなか変わらなかったところ、近年欧米諸国を中心にその考え方を是正しようとする動きが主流となっているが、日本は変わらない。そして奈保子の夫も変わらなかった。

徐々にふて腐れるような態度を取るようになり、家事を奈保子に押し付けるようになった。単なる男の我が儘、ジェラシーだとわかっていたが、そんな夫の態度をかっこ悪いと奈保子は思う。妻を妬むなんてどうかしてる。

私は、自分が優位だ、自分の方が金を稼いでいる、などと不遜な態度を取ったことは一度も無いのに。

お互いにもっとおおらかでいられればいいのに……。

そんな状況・タイミングで秀司と出会った。人生はタイミングなのだ。

奈保子は男好きでもなければ多くの男に好奇の目で見られるような女でもない。浮気など考えたことも無かった。まさに魔が差した、という感じの一夜だった。二人とも大人だし、一夜限りの付き合いのつもりだったが、十年以上営みが無かった奈保子の身体がオトコに好かれ大切に扱われる心地良さを思い出し、お互いの相性も良かったことから月に二〜三回の夜の付き合いが一年半ほど続くことになったのだった。二人とも酒好きだということがハードルを下げたことは確かである。またW不倫という少々スリリングな匂いのする遊びもその時の二人には魅力的に感じたのだろう。

秀司も奈保子も、特に罪悪感のようなものは感じなかった。最初の、初めての夜だけはさすがに奈保子は少々戸惑いも罪の意識もあったようだったが、何度か逢瀬を重ねるうちに普通に会って飲みながらおしゃべりをし、食事をしてその先の行動を取ることに違和感は無くなった。双方の仕事の愚痴や子育ての苦労話もするし、酔いも回るとお互いに求め合う。頻繁に会えたわけではないが、同じ事の繰り返しの毎日に少々の刺激やワクワク感が欲しいという中高年の男と女の、それぞれの需要と供給がマッチしたということなのだろう。お互い社会的な立場もあるので相手への感情には抑制が利き、家族も子供もいるのだから感染症の心配もまず無いだろう。妊娠に気を付けて楽しめば良いだけだった。こんなカップルは都会では、いや都会に限らず日本中でありふれた存在だと思う。

秀司は妻の裕子を裏切っているとは思っていなかった。裕子のことは十分に尊重しているつもりだったし、秀司の人生にとても大切な存在で一生添い遂げたいと思っている。裕子は168センチメートル、五十五歳という年齢では背の高い方でスタイルも良く、街中では少々目立つ美しい女性だと秀司は思っている。三十年近く共に人生を歩んで、二人の子供も育てた。苦労も多かったが様々な難局を二人で乗り越えてきたという信頼もお互いに揺るぎないものがある。秀司は裕子を愛しているという自信があった。だがそれは恋愛感情とは別物なのだ。

結婚した当初はもちろん恋愛感情もあったし、好きな女性と一緒に暮らして、毎日触れ合えるという喜びを感じていたのは間違いないことだ。秀司の友人たちの話でも四年、短い場合でも一年くらいは妻へのオンナとしての興味を持ち続けている。逆に言えばそのくらいの期間で妻への恋愛感情は消え失せているのだ。

ある著名な人類学者は、愛についての著書の中で、「愛は四年で終わる」と書いている。恋愛状態にあるときに脳内で分泌されるドーパミンという神経伝達物質が関係しているのだそうだ。ドーパミンとは快楽を感じたりヒトを意欲的にさせる物質で、努力して何かを達成することや、そのために長期間頑張ることが出来るのもドーパミンのお蔭らしい。快楽物質とも呼ばれるらしく、恋愛状態にあるヒトの脳内では大量に分泌されているのだ。だがその分泌には当然ながら理由があり、分泌される期間も限定されている。

ヒトは子育てに異常に長い時間を要する動物だ。生まれた時はもちろん、その後何年間も一人では生きていくことが出来ない。キリンやヌーなどの草食動物の出産シーンをテレビなどで見ることがあるが、生まれ落ちてすぐに自分の足で立とうとし、何回も失敗しながらもその日のうちには母親に付いて歩き出すのである。これは肉食動物の餌食にならないために選択されてきた能力なのだろうが、ヒトは自分の足でよちよち歩き出すまでに一年、自分でちゃんと食事が出来るようになるまでに三年くらいは掛かり、一人で生きていくためには更に十年以上を要するのだ。その間、メスは子育てに掛かりっきりになるので、オスに食料を届け続けてもらわなければならない。そんな大変な子育てが前もって想像出来るなら、誰も子供を産んで育てようなどと思わないだろう。そうすると子孫を残すという種の最大の使命を果たせなくなりヒトは絶滅してしまう。そうならないようにドーパミンが分泌されて恋愛状態を継続させる手法が選択されてきた。そして三年でドーパミン効果が薄れてくると恋愛感情も無くなり、統計上は結婚四年目で離婚する傾向が高くなる、ということらしい。つまり恋愛感情だけを頼りに一対一の夫婦関係を継続するのは困難な動物なのだ。自然界ではオスとメスの関係は一時的であることがむしろ一般的だ。一夫一妻型の哺乳類は三〜五％程度で、人間には発情期が無く脳はいつでも同時に複数のパートナーを持てるのだ。

さらに、新しい刺激が無いとドーパミンを得られないとも言われている。

オスは本能的に浮気性。男が複数の女性とセックスしたがるのは決して女性蔑視などではない。一人の女性と十回セックスするより、十人の女性と一回ずつセックスする方が自分の遺伝子を残す上では効率的だと本能が教えているだけなのだ。色々な遺伝子と混交する方が、環境の変化に順応し耐えて生きのびる様々な個性を持った個体を残せる可能性も高くなる。浮気性の夫は教養の低い下劣な存在と言うわけではないのだ。本能に忠実なだけなのだ。だが近現代においては一夫一婦制の社会集団が圧倒的に多いらしい。人類は何万年も掛けて一夫多妻や一妻多夫、共同婚などの形態を採用してみたが、生存に適応し易い型式として一夫一婦制が定着してきたのだろう。ヒトの集団が安定し混乱するのを避けると同時に、神の僕たる人間が獣との違いを示すために宗教が一夫一婦制を推し進めた、という経緯もあるだろうし、性感染症の蔓延を避けるためという説もある。

ある脳科学者によると、不倫型と貞淑型の遺伝子を持つ人間は男女を問わず五十%ずつだという。不倫型の人間は一夫一婦制の社会には向いていないのかもしれないが、女性はたまたま選んでしまった夫が不倫型の遺伝子を持っていたとしても、夫の浮気や不倫などに目くじら立てずに放っておけば良いと秀司は思ったりする。浮気など長くても四年で、通常なら一年も経たずに恋愛気分は終わり夫は身も心も妻の元に戻ってくる。小さな子供みたいなもので、妻の目の届く範囲で本能と好奇心に任せて文字通り心が浮ついただけなのだ。第一貞淑型のオトコとの結婚が幸せとは限らない。

週刊誌などでは芸能人や政治家の不倫が大きく報道され、世間がバッシングを浴びせ掛けるよう仕向けているが、そんなプライベートなことまで立ち入る必要があるのだろうか。雑誌やテレビのニュース番組などで毎日のように散々非難されたあげく、国会議員を辞職するはめになったり記者会見での謝罪、出演している番組の降板や恋愛関係の清算まで行かないとバッシングは止まらない。公人の場合はある程度取沙汰されるのも立場上やむを得ないかもしれないが、何週間もテレビのワイドショーなどで追及され続けるなど、いくら何でも異常だろう。本当はみんなやりたがっているのにあの人だけイイ思いをしてズルイ、という妬みではないのか。自分たちがギリギリ保っている見せかけの平和と安定を乱す不倫をするような不届き者は排除するべき、という陰湿な気持ちが集団化したときに現れがちな暴力ではないのか。

ミッテラン大統領がテレビ記者に婚外子について質問されたとき、「ええ、娘がいますけどそれが何か?」と答えたらしい。夫人は、「二人のプライベートな問題」と一蹴したという。一方記者の側も倫理的なことを追及するつもりだったのではなく、公金が養育に使われていないかと疑問に思ったので質問したとのこと。もちろん文化や政治・社会の制度の違いが大きいので単純な比較は出来ないが、日本でも恋愛の自由が個人の自由として、個人の権利としてもっと認められても良いように秀司は思うのだった。

そもそも厳格に一夫一婦制を守ろうとする思想が、古い家父長制から脱却出来ないことに繋がっている面は無いのか。身体が大きく腕力の強いオトコが外敵や他の集団から家族や仲間の集団を守る役割につくのは自然なことだったと思われるが、近世以前ならともかく現代社会ではどうだろう。兵器で武装することではなく、コミュニケーションによって平和と安定を維持するのが現代社会ではないのか。

秀司はどちらかと言えば女尊男卑主義者なのかもしれない。中世以前ならともかく、現代社会においては政治は女性が司った方がいいとさえ思っている。オトコの脳は戦争とセックスのことしか考えられないのだ。暴力的な犯罪はその殆どがオトコによるものだ。原始時代の名残が現代社会に通用する方がおかしいのだ。イスラム国などのデタラメを見れば明白だ。

だが奈保子はこう言うのだった。

「私はオンナに政治を任せる気にはならないな。だって、オンナは気分屋だもの」

「旦那は気分で奈保子ちゃんへの態度が変わったりしない？　仕事で上手く行かないことがあったときとか。第一旦那は奈保子ちゃんが自分より活躍する、というか活躍していると思い込んで妬んでいるんでしょ？　オトコだって妙なプライドに固執したり嫉妬したり、その時々で機嫌が変わる心のちっちゃな生き物で、組織の中では足を引っ張ったり同僚が失敗すると心の中でほくそ笑んだりしているんだよ。表面に表さない術を身に付けているだけでね。逆に同僚が出世すると面白くなくて機嫌が悪くなりやけ酒飲んだり」

「わかる！　ママ友の話を聞いても浮き沈みの激しい旦那っていますもんね」

「そのくせ女性への執着は強くて、別れると気持ちの切り替えが出来ずにＤＶや復縁を迫って殺しちゃったりする。陰湿な心に囚われているじゃない。アンガーマネジメントが出来ない稚拙なオトコが案外多そうだよね。第一戦争を起こすのはいつもオトコだし」

「そうですね。私はどこかで、男社会に甘えている方が難しいことを考えずに済むから楽だと思っているだけなのかもね。私は建築の仕事が好きで、そんな私でいたいから、私が私であるために面倒くさいことは避けてるのかも」

「離婚とか考えたこと無いの？」

「しょっちゅうですよ。でも日本での結婚ってヒトとヒトの結び付きじゃないでしょ？　いまだに〇〇家と△△家の結婚披露宴とか。この度は大変素敵なご縁で〇〇家と△△家におかれては……。だから離婚ってものすごく大変なんですよ。ママ友で離婚した人の修羅場の話も聞くし、学生時代の友人で離婚したかったけれど周囲の、つまり家の大反対で超面倒くさくなって諦めた話とか聞きますもん」

それが日本の現実で、ある意味社会の秩序が一定程度に保たれている理由なのかも知れない。

それでも日本の離婚率は三十五％を超えており、三組に一組が離婚している計算だ。二十五歳未満の離婚者数が過半数を占めているという統計もあるのだが、一九七〇年代は九％くらいだったらしいので急速に増えているということだ。

親や親戚の数も減ってきた熟年離婚ならともかく、若い夫婦の離婚は確かに大変なことなのだろう。子供がまだ小さければ親権や養育費のこともよくよく考えなければならない。

このような現状に日本では各種法令や税制はもちろん、家制度とかオトコたちの心が追い付いていないということなのだと秀司は考える。

我慢する必要はどこにも無いと思う。これから何十年と生きる人生を悔い無く有意義に過ごすために、結婚していることが足枷になるようであれば離婚も一つのステップと捉えて、お互いの努力による改善が限界だと感じるのならば躊躇せず踏み切ってもいいと思う。だが奈保子は、

「私はそんな面倒くさいことは嫌だな。今さらという気持ちもあるし好きな仕事は出来てるし、好きなお酒も飲めるし。でも娘にはもっと自由に生きてほしいと思っているんですけどね」

これも一つの選択肢なのだろう。多くの女性がそのような諦観で生きているのかもしれない。いや、諦めではなく〝人生ってこんなもの〟という達観に近いものなのか。

会い始めた頃は多少の仕事は後回しにするなど調整してでもデートを優先するのだが、付き合いに慣れてくると新鮮味が無くなり、会うことの優先順位が落ちてくる。これは仕方の無い

ことなのだろう。新しい刺激が無いとドーパミンは得られないのだ。別の異性に興味が湧いてくる丁度そんな頃合いに誘いや誘惑があると、そちらの方が魅力的に見えてくるものだ。これもヒトの生存戦略なのだ。秀司は女性の心変わりによる失恋を若い頃に味わっており、相手が自分をどのように位置付けているのか敏感に察知する方だと思っている。奈保子に他の男がいる様子は無かったが、秀司とのデートの優先順位が低くなり、仕事や家庭の用事の方が大切に思えてきたようだった。

だが特に激しい恋心を抱いたわけでもなく、二人とも家族がありそれぞれの家庭に影響を及ぼすことなど考えもしなかったので、特に違和感無く逢う頻度も少なくなり、そんな場合は自然消滅するのが流れなのだろう。お互いに未練を残すこともなく、プロジェクトの終了と共に二人の関係も終わったのだった。

美月は、役所が音頭を取る市街地再開発事業の行政側の担当者で、役人らしからぬ気さくな人柄ゆえに多くの関係者から好かれていた。そして管轄する法定再開発事業の土地の権利者の一人である企業の代行として参加していた秀司と知り合った。小柄な美人でよく笑う明るい性格に加え、大抵の場合膝丈のタイトなワンピース姿で、五十歳という年齢には見えない魅力的な体型だったことから、男ばかりの建設プロジェクトではひときわ目立つ存在だった。

市街地再開発事業は息の長い仕事だ。都市再開発法に定められた法定再開発事業の場合は都市計画決定が必要で、十年、二十年掛かっている事業もざらにあった。それでも役所主導の法定事業にしたいのは、相当な補助金が期待出来るからだ。補助金は真水とも言われ、事業採算に多大な影響を及ぼす。さらに法定再開発事業の場合は、強制権利変換という、事業に同意しない権利者に対してその権利を再開発後の不動産の持ち分に強制的に置き換えてしまう手続きを役所が執ることが出来るので、ごね得を狙って理不尽な態度を取り続ける権利者が存在するために不要な時間と費用を費やすことをある程度避けることが出来るのだ。

ある中小企業の施主代行として秀司が渋谷で参加することになった事業も当初は民間再開発を目指していたのだが、人間が百人いれば、その二割は「こまったさん」、さらにその二割はモンスタークレーマー、そして一、二人は全く話がかみ合わない異常者が存在する。そんな人たちを法外な金で束ねていたのが日本の不動産バブル時代だが、一九八九年十二月の大納会での日経平均3万8915円をピークに下落に転じ始めるとバブル経済の綻びが噴出し、各地で開発事業が滞り始めた。秀司が担当することになった案件も、権利者調整に手間取っている間にバブル経済が崩壊し事実上の凍結案件になった事業だった。円、債権、株のトリプル安に伴ないオフィスや商業施設の賃料も下がり始め、土地の値段が十分の一以下に下落するような状況では事業として全く成り立たずに塩漬けになっていたところ、古い荒れ果てた家屋が放置されていたり、家屋は取り壊されたものの手入れがされない土地には雑草が高く繁茂し、消防車も入れない細く入り組んだ道路が多い開発エリア内で不審火や死体遺棄事件が発生すると行政も放っておくわけにもいかなくなった。そんな経緯で一気に法定再開発事業としての機運が盛り上がり、将来の建設工事受注や、大きく緩和された容積を使って建てられたマンション・オフィスの床の取得を見込んだ大手の建設会社やデベロッパーの参加も得て、市街地再開発準備組合が発足し、毎週定例会議が開催されるまでに進捗してきた時期に、美月が役所の担当者として、秀司は再開発エリア内の大口地権者代理として出会うことになったのだった。

定例会議の後は地権者同士で飲みに行くことが多かったが、コンサルタント会社や設計事務所の人間は会議で多くの宿題を与えられ、殆どの場合会社に帰って夜遅くまで仕事をすることになる。そんなある日、会議体の中でも比較的気が合う美月、秀司、設計事務所の若い担当者が珍しく三人で飲むことになったが、設計事務所の彼が急な仕事で会社に戻らなくてはならなくなり、美月は秀司と二人で過ごすことになった。秀司は行政側の担当者と二人きりになるのはまずいのではないかとも思ったが美月はそんなことは意に介する様子も無く、代々木の小さな居酒屋に入り、カウンター席で大いに飲んでしゃべって盛り上がった。その日も美月は膝丈のタイトなワンピースにカーディガンを羽織っていた。最初のうちは、同じ事業に携わりながらも立場の違いで様々な苦労があること、様々な権利者の我が儘に手こずっていることなどが話題になったが、酔いも回るとプライベートな趣味や休日の過ごし方などの話も出てくるものだ。

突然美月が聞いてきた。

「浮気とかしないの？」

「僕？　過去にですか？　しようと思ってしたわけじゃないけれど、結果的にそうなったことは何度かありましたよ。試してみますか？」

秀司は冗談で言ったつもりだったが、役所の担当者を相手に少し言い過ぎたかと思っていたところ、

「今日は女子のイベントの日だからダメ。今度都合の良い日にまた二人で会いましょ！」

という意外な答えが返ってきたのだった。まさかこのような展開になるとは思ってもいなかったが、渋谷駅から少し歩いた住宅街の中にある豆腐料理の専門店で再び会うことになり、その席が人目に付きにくい奥の座敷だったこともあって、自然に触れあった。最初は笑いなが

ら身体に触れる程度だったが、いつの間にかお互いの太ももに手を置き、話が途切れたときに軽く唇を重ねた。二人ともある程度そのつもりだったので、お店を適当に切り上げて道玄坂の方に歩いたのだった。

その後も月に二回くらいの頻度でオトコとオンナになった。

美月は夫と二人の子供がいる四人家族だったが、秀司と関係を持ったのはモラハラ夫との離婚を真剣に考えている最中のことだった。

夫がバランスを崩したきっかけが何だったのか美月はよく覚えていないが、秀司と知り合った頃には明らかにメンタルを病んでいると思われる状態だった。

「美月とチビたちは俺の寄生虫のようなものだ。病気でも事故ででも、いなくなればいい」

「嫌いなものに接しているとストレス溜まるから家族に会わないように自室に引きこもっているんだ」

「俺の理想通りの完璧な家事をなぜ出来ないのか」

などと夫から毎日のように言われ続け、美月が、

「フルタイムの仕事に加えて子供たちの食事や勉強や洗濯が大変で……」

などと言おうものなら即座に、

「また言い訳か」

と自分の部屋に引きこもり、壁を叩いて「クソッ!」などの声が聞こえてくる。いつ自分が暴力を振るわれるか、子供たちの身に今後何か起こるのではないかと不安で夜も眠れなくなり、別居や離婚も視野に入れて姉や両親にも相談した上で、

「わかりました。私はあなたの理想の妻にはなれそうもないみたい。あなたが別れたいのなら離婚しましょう。準備を始めるわね」

と言ったら夫は土下座して、

「本当は離婚なんてしたくない」

と言って泣き出したりするのだ。これはただのモラハラではなく、精神的な障害があることを確信し、夫に心療内科に一緒に行くことを提案したら激怒されたので、それ以来その話は出来ないでいるうちに同じ会社の事務の若い女性との浮気も発覚した。美月は特段驚きもしなかったが、この状態をいつまで続けるのか、しっかり考えなければならないと思うようになった。

子供たちはまだ小さいし、夫の本心から出ている言葉ではなくて何かしらの病気が言わせて

いることかもしれない。いつかちゃんと診察を受けて薬を飲んで落ち着けば元の優しいパパに戻るかもしれないから……。

そう思って美月も頑張っているが、そういう泥沼にはまったまま抜け出せないような陰鬱な毎日を過ごす自分と、早く離婚して新たな人生を踏み出したい自分の間で気持ちが揺れ動く。本来は明るくよく笑う美月だが、この頃は子供たちの前でもため息をついたり暗い顔付きをすることも多くなり、夫が帰ってくると萎縮している自分にも気付いている。このままでは自分も病んでしまうのではないかと不安を感じ始めていた。

たまには仕事と家族に縛られる毎日の辛さを忘れるような息抜きもしたい。夫や将来のことを考えずに一人の女性として過ごしたい。自分を発散する時間と場所が欲しい。少しでいいから……。

美月は孤独だった。そんな孤独な心がたまたま気の合った秀司への想いに繋がっていったのだろう。

美月は秀司には、子供たちがまだ小さいから、私が我慢すればいいことだから、と言っていた。子供がいるから、どんなに酷い夫でも、どんな状況でも母親が辛抱して耐えなければならないのだ。この国では子供は社会で見守り育てる、という考え方が無い。子育てや教育は伝統的役割分担として女性に押し付ける。実は伝統でもなんでもなく、江戸時代までは男性も積極的に子育てに係わっていたらしいのだが。結婚すれば夫に、子供が生まれれば子供に、女性は一生縛られる。現代社会において、生き方も職業も価値観も、子供を持つ選択肢も多様化した今の社会で、結婚ってどういう意味があるのだろう。結婚という制度を基に行政上の様々な手続きが硬直化され全く改善されていないことから、苦しくてもどんなに辛くても、自分の人生の全てを犠牲にしてでも結婚状態を生涯続けなければならないのか。結婚すれば通常は夫の姓を名乗るようになることが多く、「世帯」が社会の最小単位となり、家族は全員が世帯主に「所有される」存在になったのはいつからのことで、いつまで続くのだろうか。封建制度、家父長制度の名残ではないのか。

「そんな旦那とこれからの人生四十年以上一緒に生きていくつもり？　別れて自分の人生を取り戻すことを考えた方がいいよ。公務員なんだから経済的な困難に直面することも無いんじゃない？」

「秀司さんが養ってくれるなら別れるよ。フフ、冗談よ。公務員はね、クビにはならないというメリットが大きいだけで、給料は安いのよ。副業は禁止されてるしね。だからシングルインカムの公務員は公営の賃貸住宅に住んでる人が多いのよ」

「でも役所勤めは男女の差別が全く無いよね」

「うん。でも係長試験や管理職試験に受からないと昇任しないし、ヒラのままだと給料も安く昇給も微々たるものよ。試験勉強なんて子育てしてたら絶対ムリ。だから子育てや家事を奥さんに任せられる男子が昇任していくのよ」

「男女平等とは表面的なものなんだね。子育ての負担がいつまでも女性だけにのし掛かっているようじゃ女性の自立や社会参画なんてほど遠いじゃない。大変な目に遭っている先輩女性を見ていたら、共働きで子供を産んで育てようとは誰も思わなくなっちゃう。子供も増えないよな」

「友達にも役所の中にも、離婚して一人で子育てしてる女性は沢山いるよ。でもこの国では離婚してシングルマザーとして生きていくのは旦那に我慢するより大変なのよ。経済的な問題だけじゃない。世間の見る目やそれこそ役所の色々な手続き、子供の学校での肩身の狭い思い、保護者を巻き込もうとする学校の行事や教育の問題もある。税金も教育も、全ての社会の制度が四人家族で専業主婦というのを前提に組み立てられているからね。役所勤めの私でもそう思うくらいだから、非正規雇用のママたちは本当に大変。病気なんか絶対出来ないよ」

日本の子供の七人に一人が貧困だと言われる中、ひとり親家庭の子供たちは二人に一人が貧困状態で、十分な環境で教育を受けられていない。

「ましてや娘は障害児だしね、軽いけれど」

美月の長女は自閉スペクトラム症と診断されている。発達障害の一つで様々な症状があるが、美月の長女は小学校三年だが対人関係が上手く築けず、学校でトラブルを起こすことが多いらしい。一九九〇年代までは親、特に母親の「愛情欠如」が原因、などと考えられており、美月も自責の念にかられ、悩み、鬱状態になったこともあったらしい。今は胎児の時から脳が平均的なものとは違う発達をすることがわかっており、医師や社会の見方も変わりつつあるようだが、娘の将来への不安は拭えない。そんなところも美月が離婚に踏み切れない理由の一つなのだろう。

「子供たちに手が掛からなくなって、私が死んでも娘が一人で生きていける状況になっていれば、離婚もあるかもね。その頃まで秀司さんはしっかりと茶飲み友達でいてね」

美月の長女は症状が軽く、はた目からは「個性が強くて元気な子」程度に思われているらしい。だがそれが問題だとも言う。自分が社会や人間関係に上手く対応出来ない人間だと知ったときの自信喪失が本人に与える影響は大きい。また今の日本の教育制度の中では、周囲と同じ事が出来ないのは手間の掛かる「悪」であり、個性や特殊性は尊重されない。いつも集団行動を強いられ、同調する力を鍛えるのが日本の学校教育の思想なのだ。

前へ倣え
右向け右
仲の良い友達同士でグループを作りましょう
桜ちゃんは養子らしいよ、だからみんなと違うのよね
転校してきた雄司くん、いつも同じ服をきている
マリアちゃん、色黒いよね、黒人とのハーフだって
周りの人たちと同じ行動をしましょう

こうして周りの空気を読む能力が磨かれ、周りと違うことを極度に恐れ、個人の正義感や意志より周りと同じ考え方をして同じ行動を取ることを良しとする人間が「順調に、普通に」大人になっていくのが日本の社会なのだ。

普通とは何だろう。

権力を持った一部の人たちが扱いやすい人間、つまり同じ考え方を持って周囲に迎合する人間を大量に作り出すことで、異端の意見や意志を抹殺し権力を維持しやすいように教育や世論を操作していこうとしているのであれば、そういう大衆のことを「普通の人間」と定義し、そうなるのが大人になることと仕向けているのかもしれない。

長女の個性をきっかけにそんなことまで考えて、自分が我慢することで家族の平和を出来るだけ維持したいとして離婚に踏み切れずにいた美月だったが、あることをきっかけに真剣に夫との関係を考えるようになった。

朝、駅まで自転車で出掛ける夫を娘が重いランドセルを揺らしながら、

「パパ待って～！」

と声を上げながら追いかけていったとき、夫は無視して走り去ったのだ。

娘の声が聞こえなかったはずはないのに、時間が厳しかったわけでもないのに。娘はただ、「いってらっしゃい」と言いたかっただけなのに……。

子供を無視する、冷たい態度を取る、傷付くことを言ったりやったりすることは、すべて児童虐待になるって知っているはずなのに。

自分を無視して走り去る父親を見て、娘はこちらに向き直り、泣きそうになるのをへたくそなスキップでごまかしながら、必死でこらえて帰ってくる。どんなに悲しかっただろう。どれほど傷付いただろう。

自分は我慢出来るけれど、子供はダメ。

夫はアダルトチルドレンだ。自分がされたことを子供にもしている姿を見て悲しくなった。それに自分がいつ手を上げられるかわからないような状況になっており、自分が殴られる姿を子供たちに見せたくない。美月はこの結婚生活に限界を感じ、子供たちのためにも新しい人生に踏み出す覚悟を決めるべきだと確信した。

役所の無料法律相談を段取っている部署に友人がいる。離婚問題を得意とする弁護士を紹介してもらおう。我慢し続けて決壊寸前でかろうじて保っていた堤防が一気に崩落していくのを感じた。

色々な苦労を抱えながらも一人で頑張ってきた美月に秀司は何もしてやれないが、美月が愛おしかった。表面上は明るく振る舞い、役人にしては人懐こく人気もある。だがプライベートでは一人で抱えきれないくらいの重荷を背負っているのだ。

結婚とは何だろう。社会的にも、経済的にも、そして精神的にもスムーズに離婚出来るシステムが無ければ、結婚はただの奴隷制度になってしまうのではないか。男は恋愛の賞味期限を超えた妻のことは、自分の言いなりになるただの都合の良い家政婦にしか思わなくなってしまうのだ。

いや、家政婦ならまだいい方かもしれない。暴力や虐待の衝動、性欲をぶつける相手として婚姻関係を続ける男たちもいるのだ。

美月との付き合いが終わったのは、もう七、八年前だろうか。

離婚は上手く成立したのか。仕事は順調だろうか。いい人が出来ただろうか。

たまに美月を思い出して考えてみたりするのだが、六十近くなっても美月の強さと絶妙なバランス感覚で、きっと今でも明るく前向きに、子供たちと過ごしたり好きな読書にふけったりして過ごしていることだろう。秀司はそれを願わずにはいられない。

四

最近秀司は自分の年齢と体力の衰えをよく感じるようになっている。名刺には部長と書いてあるが、六十歳でポストオフとなってラインから外れ、年収は半減した。定年延長制度を利用して会社に残っているが、最終定年は六十五歳の誕生日。好きな仕事なので特段の不満は無いが、若い上司の指示を受け、プロジェクトの性質や仕事の進め方に自分の考えや価値判断をあまり必要とされなくなると、仕事より自分のこれからの人生を考えることの方が優先順位が上がり始める。建築コンサルタントとして独立出来るのはせいぜい五十代中盤くらいまでで、そういう方向での人脈作りも必要だ。他の企業に再就職するとしても、秀司の年齢では同じ業界でそれなりの報酬を得るのは極めて難しいだろう。定年延長に応募するとは安易な道に流れたと言えばそれまでだが、二人の子供たちは家を出てそれぞれ結婚もした。住宅ローンは払い終わっており、今の給料でそこそこの遊びや飲み代には困らない生活は出来ている。定年後は厚生年金に加え企業年金も出るので、老後の心配は特にしていないのだが……。

秀司は六人の年寄りを送った。自分の両親、妻の両親、そして子供がいなかった父の弟夫婦だ。父親と義母は長患いもせずあっさりと八十代前半で逝ったが、あとの四人は大変だった。特に叔父は六十代から入退院を繰り返し、叔母が逝ってからは七十歳から九十歳近くまで老人保健施設と病院をかわるがわる出たり入ったりしたあげく、最後は病院で殆ど寝たきりになった末に息を引き取った。義父も似たようなもので、五十代で脳梗塞を二回やって長く患い、二十年近く特養と病院を行ったり来たりしながら旅立った。叔母は七十代で庭仕事をしているときに踏み台から落ちて大腿骨を骨折し、以後歩けなくなってしまい、本人と叔父の希望で胃瘻をして延命に取り組んだが、二、三年病院と老人保健施設を行き来した末にやはり病院で亡くなった。皆七十歳を過ぎた頃からは自分一人で出掛けることも出来ず、秀司夫妻を頼ってたまに買い物に出掛けるのが楽しみと言えば楽しみで、両親と義父母には孫の顔を見せてあげられたのが秀司たちのせめてもの救いだった。

六人の最期に立ち会っていつも秀司が考えたのは、みんな晩年は何を楽しみに生きてきたのだろう、ということだった。仕事をして、家族を持って、家のローンや家賃を払って、子供の成長を楽しみに、或いは趣味を楽しんだり仕事に没頭して生きてきた。だが高齢になって子供たちは独立して新たな人生を築き始める。テレビコマーシャルなどでは、定年退職後は趣味をたくさん楽しめると、資産作りや保険への加入を勧める。だが実際は仕事を辞めると生きるモチベーションが下がり、次第に身体の自由も利かなくなってくると、日々何かの達成感を得られることも無く、ただ死ぬまで生きていくだけではないのか。もっともその頃には感性も大分鈍り、生きる意味など面倒くさいことを考えることも無くなってボンヤリと過ごすことが多くなるのも事実のようだが。

仕事をしなくなり、自分で積極的に出掛ける意欲も無くなると、人は何のために生きていくことになるのだろう。仕事にかまけているうちは人生の意味などろくに考えもせず、仕事の達成感と仕事で溜まったストレスの発散に精を出していれば良い。仕事帰りの同僚や友人との一杯やゴルフ、釣りなどの趣味に夢中になっているうちは良いが、酒量も減り体力も衰えてくるとちょうど良いことに色々な意欲も減退して何も考えずに歳を取っていくような気がしてならない。女性のいる店にたまに顔を出し、歓待されることで多少の気持ちの延命は出来るかもしれないが、遅い時間に都心の店から家に帰るのが億劫になると足も遠のいてくる。

「定年退職した」

「子供が独立した」

「家族や親戚、友人に会える機会が少ない」

「夢中になれる趣味が無い」

「夫婦の触れあい、会話が無くなった」

「配偶者が亡くなった」

「長年飼っていたペットが死んだ」

「重い病気にかかった」

これらは老人性鬱のきっかけである。正式な病名ではないが六十五歳以上の高齢者がかかる鬱のことを老人性鬱というらしい。秀司も段々当てはまる項目が増えていくような気がする。妻との営みは十年以上無いが、まだ性欲はあるから困ったものだ。

オトコを楽しめるのはあと数年だろう。愛人が欲しいとか恋愛をしたいなどと思っているわけではないが、まだ新たな女性と知り合って親しくなり、男の欲望を発散させる可能性にときめきたいのだ。かといって風俗店やキャバクラにいくほどガツガツする歳ではない。あと数年、六十代のうちは好きな女性と、いや好きになりそうな女性と食事やお酒、おしゃべりを楽しみ、お互いの気持ちがあればその先も楽しむような素敵な時間を共有し、この先の少ない年数を過ごしたい。情けないとは思うが、オトコの生のモチベーションはいくつになってもオンナということらしいのだ。

だがこの歳で、付き合いに発展するような自然な出会いはもう望めないとわかっている。仕事やセミナーなどで知り合った女性に積極的にアピールする若さや元気はもう無いし、良い感じの女性と知り合ったところで食事に誘ったりすればビックリされて引かれるだけだろう。

こんな年寄りが持つ、若い男には無い魅力とは何だろう。人生経験とか思慮深い判断とかの話ではない。もっと具体的で即効的な何か。

やはり金だろうと秀司は思う。もちろん余裕があるわけではないが、普通の若いサラリーマンよりは多少多めの金は使えるのが中高年だ。

銀座のクラブに勤める幸恵のことは好きだったたし、幸恵と会ってクラブに同伴するというデートコースも、秀司の男としての承認欲求が満たされリフレッシュ出来る素敵な時間だったが、いかんせん金が掛かりすぎる。幸恵と男女の関係になることは秀司の余裕資金では無理だろう。家の金を持ち出すことは絶対にしないと決めてもいる。

同年代のオトコたちはどうしているのだろう。もちろん皆が皆不倫遺伝子を持っていて同じように女性と仲良くなりたいと思っているわけではないだろうし、ざっくばらんにこの種の話が出来る人間が案外少ないことに気が付いたが、一人、商事会社に勤める昭夫がいる。昭夫は秀司と同じ大学のスポーツサークルの後輩で、共に酒好き、遊び好きだったことから少し年齢差はあるものの気が合って長く付き合っている。バブル期には給料やボーナスが上がったために小遣いも増え、仕事は楽しく、毎晩のように飲み歩いた。バブルが崩壊しても大手の銀行と総合商社なので、仕事はきつくなり交際費も絞られたもののプライベートに大きな影響は及ばなかった。

昭夫は勤務先の若い一般職の女性との不倫が妻にばれて、修羅場をくぐったことがある。女性が昭夫に夢中になり、妻と平等な立場になるには妊娠しなければ不公平だと言ってきたり、休日に昭夫の家を訪ねて妻に離婚を迫ったりしたらしい。もともと昭夫夫妻の夫婦仲は円満とは言い難く、不倫とは関係無く昭夫から離婚を申し入れていたが妻が嫌がり、離婚調停に掛けられることになった。だが成立せず、夫婦関係もサラリーマン生活も続いていたが、不倫相手の若い女性との関係はやがて冷めて、彼女は異動した後に結婚退職したと聞いている。結局双方の実家も兄弟も巻き込んで大騒ぎしたあげくに元の状態に戻っただけだった。

久しぶりに昭夫と会うことになった。昭夫は数年前に病気をして、しばらく御無沙汰だったのだ。

秀司より年齢が三つ若いのでまだ現役の商社マンとして活躍していたが、五十五歳でポストオフになってからは責任の軽さが思いのほか昭夫の心を解放したらしく、仕事に対しては別の角度からアプローチ出来るようになり、プライベートにも十分な時間を掛けられるようになって楽しんでいるらしい。奥さんとの関係も互いに年齢を重ねたせいか、以前より柔らかく、お互いに自然体で普通の夫婦をしているとのことだった。歳を取るのも悪くないのかもしれない。

もともと飲み食いは豪快な方だったが、それが原因なのか四年ほど前に胃がんが見つかり、自分で相当勉強した上でセカンドオピニオンを求めた大学病院で腹腔鏡による手術を行った。それが成功して、胃の三分の二と幽門は無くなったものの日常生活に復帰するのも早く、今ではまったく普通に生活し、相変わらずよく飲み、よく食べる。

秀司も身体にはいくつか爆弾を抱えており、特に胃と食道は気を遣わざるを得ない状況だ。食道潰瘍、胃潰瘍、胃腺腫などで入院したことも何度かあり、そのたびにたとえ評判の悪い病院食でも、ほんの少量のお粥でも涙が出るほどありがたく美味しくいただき、自分で食事が出来て味覚があることへの幸せを感じたものだった。

今のところ胃も食道も導火線に火が付いたらしい兆候は無い。もし発見されたら昭夫のようにセカンドオピニオンを求めたり深く勉強したりするだろうか。あまり自信が無い。

六十歳まで生きた。今の世の中では長生きとは言えないが、自分なりに存分に生きた。この歳ではもう健康診断などであら探しをせず、また病気が発覚しても治療などせずに、病気で死ぬも寿命と心得、自然に任せて静かに死を迎えたいとも思う。抗がん剤や放射線治療によって苦しい思いをし、家族に大きな負担を掛けたくないという気持ちもある。特に抗がん剤などは先進国ではあまり評価されていないというが、日本では手術、放射線、抗がん剤というのが癌の三大治療で、莫大な利益を生む癌産業の根幹を成している。

だが昭夫のようにちゃんと治療を受けることによって、発症する前と同じように人生を送ることが出来る人間もおり、その決断をしなければならない時にどのような判断を下すのか、秀司は自分でもわからない。

今の仕事の状況、愚痴や文句、共通の友人たちの消息、今後の身の振り方など一通りのサラリーマントークをしているうちに、酔いも回って口も軽くなる。

昭夫は自分が年下だということをわきまえて、秀司に対して丁寧な言葉を使う。

「嫁とは普通の夫婦をやってますが、エッチは二十年前に卒業ですよ。性交痛ってやつですかね。痛いからと拒絶されて。子供一人産んでるんですけどね。もうこんな歳だし、お互いとっくに興味も無いんです」

昭夫は妻のことを「嫁」という。深い考えがあるわけではなく、「妻」などという気取った表現の逆で、「うちの奥さん」というほどに尻に敷かれていないぞ、という意思表示でもあり、男気を感じさせる言葉だと誤解している多くの人から受け入れられているので今でもよく使われる言葉だ。だが秀司には少々違和感がある。嫁、女房。いつの時代の呼び方が続いているのだろう。

「でも性欲の処理は必要だよね。それも興味が無くなった?」

「まさか!　あれだけはいまだに大好きですよ」

などと言って笑う。

「実は、今面白いサイトにはまってましてね。いわゆる出会い系みたいなもんなんですが、ちょっとお勧めのサイトがありますよ」

昭夫がスマホで見せてくれたのは、多くの女性の顔写真と簡単なプロフィールだった。

「出会い系って何となく怖かったんですが、これはマッチングサイトと言うらしくて、口コミなんかでもトラブった話はあまり聞かないんです。例えばこの女性、スッゴイ美人でしょ?

この人、僕のプロフィールを見て先方からメールしてきたんですよ。話が上手すぎやしないか、会ってるところに怖いお兄さんが登場するんじゃないかと少々躊躇したんですが、思い切って会ってみたらプロフィール通りで全く問題無かったんです。しかも写真の通りのこんな美人に本当に会えるものなんだと感激しました」

昭夫は「ハニーパパ」というマッチングサイトに登録し、タイプの女性何人かとのデートを楽しんでいるとのことで、その女性のプロフィールにはこう書いてあった。


ご訪問ありがとうございます。

良い出会いはありましたか?

お買い物と海外旅行が趣味のパパ活女子か、業務的で風俗みたいな女性と会ってはみたが、写真とはかけ離れた全くの別人が来てがっかりした、などのお話をよくお聞きしますが……。

プロフィールを読ませて頂きお近づきになれたら良いなと思い、ご連絡させて頂きました。

168センチメートル、50キログラム、バストEカップ。

大阪在住でフラワーアレンジメントとイベントコンパニオンを生業としておりますが、月に一回程度東京に出張しています。仕事柄、フラワーやインテリアの勉強に加えて美容にも気を遣っており、外見は悪くないと思います。

メッセージはよく頂くのですが、多くは仮想通貨やネットワークビジネス、スカウト、宗教勧誘、冷やかしで、なかなか良い方に出会えないで今に至ります。

お返事頂けたら嬉しいです。

宜しくお願い致します。


写真を見ると確かに相当な美人で、スタイルも抜群だ。年齢は三十五歳とある。

このサイトでは、女性も男性も登録する時に身分証明書等で年齢確認をするらしい。ごまかしによるクレーム防止と、未成年者を巻き込む犯罪防止のための規制もあって、十八歳以上であることが確認出来ないと入会も出来ないらしい。

昭夫も運転免許証をスキャンしたものをメールで送り、まずは無料で入会したとのこと。だが無料会員は女性のプロフィールを見ることは出来てもメールの送受信が制限されており、それでは何の意味も無いのですぐに、半年で四万円ほどの会費をクレジットカードで支払い、有料会員になった。するとほど無くして三、四名の女性からメールがあり、その一人が先ほどの女性だった。少しメールでやりとりしてから、銀座のホテルのティールームで会うことになった。昭夫は顔合わせのお茶をして、波長が合いそうだったら食事をするという段取りを考えていたが、先方は昭夫を合格と判断したらしく、

「これから二人で過ごせますか？　実は夜の新幹線で大阪に帰らなければならないので」

と言われ、初対面で関係を持った。サポートは都度四万円＋交通費二万円という条件を出され、なかなかの出費となるが滅多に知り合えることも無いような美人と大人の付き合いが出来るのだから、昭夫は久しぶりの高ぶりを抑えるのは不可能だったと笑う。

昭夫によるとその女性は、五年前に離婚してから二人の子供と実家に帰って暮らしており、仕事の時は子供たちは両親に見てもらっているという。彼女の美しさと正直さに惚れ込んで、その後も何回か彼女が仕事で東京に来るたびに逢っているとのことだった。

他にも数人の女性と関係を持ったが、今は彼女だけに絞っており、彼女に逢うために関西方面での仕事をどうやって作るか画策するのも楽しい、などと言っている。

話を聞いていると、秀司にも出来そうではないか。俄然興味を持った秀司は、翌日、そのサイトに「ケンジ」という名で登録し、波長の合いそうな女性とのメール交換をする日々が始まったのだった。

五

「初めまして。ケンジと申します。

六十一歳。既婚。

都内の大手金融機関で不動産関係の仕事をしています。

身体を動かすことが好きで、若い頃はバスケットボール、テニス、ダイビングなどをしていましたが、最近は読書、海外のテレビドラマ、食事とお酒などすっかりインドア派になってしまいました。

何しろ美味しい食事とお酒を頂いているときが最高に幸せで、恵比寿、神楽坂、銀座などによく出掛けます。

ご一緒頂ける大人の女性とお会い出来れば嬉しいです」


ケンジという名で登録したのは本名を使ってはいけないというルールがあるからで、女性たちも様々な記号や絵文字、ニックネームなどを多用して自分の命名に凝っている。

プロフィールに顔や全身の写真を載せている女性は二割くらいで、あとの三割はサングラスや写真の加工アプリで雰囲気だけを出し、五割以上は写真は載せていない。知り合いや家族に見つかるとまずいし、勤め人であれば仕事の関係者に身バレするのを避けたいだろう。もちろんオトコもそうだが、秀司は顔だけをスマホで隠し、鏡に映ったジャケパンスタイルの全身写真を載せることにした。いい歳なので雰囲気だけでもわからないと誰も興味を持たないだろうと思ったからだ。

「はじめまして。登録したばかりで緊張しています。美容関係のお仕事をしているアミと申します。優しい紳士の方にお食事やお買い物に連れて行って頂きたいです。お食事をしてフィーリングが合えばその先も考えたいと思います。メッセージお待ちしています♡」

「多くの女性の中から私のプロフィールに気を留めて頂き、ありがとうございます❀
三年前に離婚し、二人の子供を育てているシングルマザーです。毎日明るく楽しく暮らしていますが、正直言って生活は厳しく、余裕のある紳士の方にサポートして頂きたくてこのサイトに登録しました♡」

「初めまして。美由紀です。旦那出張いきましたし旦那とは営みが無いので登録しました。よろしくおねがいします」

「こんにちは❣メリーと申します。十年近くお付き合いしていた方と最近おわかれしたので、登録してみました。秘密厳守はもちろん、お互いにプライベートには立ち入らない、長くお付き合い出来る一人の方を探しています。あなた一人だけ♡」

「都内でＯＬやっています。海外旅行が趣味で、年に二、三回飛行機に乗っています。最近は韓国、台湾、タイ、ベトナムが多いかな。一緒に旅行などにも連れてって頂ければ嬉しいです❀」

まあ多くはこんな感じのプロフィールだが、年齢は十八歳～四十歳くらいまでで、何と多くの女性がパパ活、つまり身体と引き換えにサポートと称する金銭を受け取っているのかと少々面食らった。もちろん、食事の先は考えていませんというプロフィールもある。

中にはこんな自己紹介もあった。

「ハーフ、S、既婚。犬になれる男性にしか興味無いです。いきなり馴れ馴れしい人には返信しません」

「甘えん坊な方で、赤ちゃんになりたい方いらっしゃいませんか？　赤ちゃんとママみたいな関係で、たくさん甘えたい方を探しています」

「M性のある方が好きです。従順素直なペット体質、可愛がられたい赤ちゃん体質の方が好きです。女尊男卑思考、礼儀、レディーファースト、スマートで紳士なM男性はよろしくお願いします。良い子がいたら、愛情を持ち、沢山可愛がりたいと思います」

「自分がどのような性癖があるのかわからない、またはSMに興味があるという方は、尽くされるより尽くしたいと思うかどうか、依存したいかどうかお考えになってメッセージ下さいますようお願いいたします。お互いのことを話し合いながら、心の繋がりを大切にしたいと思います」

「三十五歳、既婚、１６４センチメートル、グラマー、会社員、若い女性には決して出せないフェロモンを醸し出しているつもりです。変貌する姿を私に見せてみなさい。
※Ｍ男のみ探しています。敬語使えないクソ野郎に用なし」
　こういう趣味の相手を探す場所は他にありそうなものだがと思いながら、ストレートな表現や露骨な誘いにドキドキすることも多々あるのだ。

「二年間お付合いしていたパパとお別れしました。三十二歳、中国と日本のハーフで、日本語、英語、中国語に不自由はありません。

　１６８センチメートルの痩せ型で客室乗務員をしており、容姿はみんなに褒められます。どんな場所でも美しく振る舞えるマナーなどはもちろん心得ているので、どこに連れて行って頂いてもあなたに恥をかかせることはありません。長くサポートして頂ける方、顔合わせで一、大人で六以上、ゴムありでお願いします」

客室乗務員、保育士、看護師、医院受付などの職業の女性が目立った。ＣＡなどはわざわざサイトに登録しなくてもオトコからの誘いは多いような気がするのだが。

極め付きはこれだ。

「ご訪問ありがとうございます！　妊娠八ヶ月ですが、それでも良かったらお会いしませんか❣」

六

マッチングサイトに登録をしてみて、あまりに露骨なプロフィールと誘い文句の多さに最初は好奇心が湧き上がり興奮気味に文章を読んでいたが、これも慣れというものか、段々食傷気味にもなってくる。しかも多くは十八〜三十歳くらいまでの若い女性で、ネットなどで調べてみるとデート代目的で登録しているケースが多いらしい。お茶で一、食事で二、などと具体的なメニューを送ってくることもある。そんなデートを一日に二、三人としていたら結構な収入になる。男がその先の付き合いに誘うと色々な口実を付けてかわすのだろう。会ってみたところで秀司が期待する方向に進展することは無さそうだ。しかしながら秀司のような年齢でも何通かのメールが見知らぬ女性から届くと、やはり会ったことの無い女性とデートをするという刺激が今の秀司の大きな関心事の一つになっていくのだった。

「ケンジ様、ご訪問ありがとうございます。私は横浜市内在住ですが、よく銀座へ足を伸ばします。是非お食事でもしながらフィーリングを確かめ合えたら嬉しく思います」

このようなサイトではその世界での専門用語がいくつかあるらしい。訪問というのもその一つで、興味を持った女性のプロフィールをクリックすると、女性側で、自分のプロフィールをどんな男性が閲覧したのかがわかる仕組みになっており、相手のプロフィールを見に行くことを訪問する、と言うらしい。足跡を残す、という言い方をする女性も多かった。

「足跡を残して頂きありがとうございます♡」

と、こんな具合だ。

訪問して気に入った場合は、さらに「お気に入り」に登録しておくとお互いにコンタクトがし易くなる仕組みもある。

「お気に入りに入れて頂きありがとうございます」

と最初のメールをし易くなるというものだ。


いよいよ秀司も、メッセージを送ってきた女性に返信をしてみる。

その女性は多くのポートレートや料理の写真を載せており、小柄だがなかなかの美人で話しやすそうな雰囲気だ。

「スミレさん、こんにちは。僕はこんな歳なのでこちらから最初のメッセージをお送りするのを控えているので、ご連絡頂けてとても嬉しいです。スミレさんのお写真とプロフィールを拝見して、こんなに美しく、お上手なメッセージをお書きになる女性がいらっしゃることに少々戸惑っているくらいです！

是非一度お会いしてみたいと思いますが、いくつか質問させてください。

銀座での食事にお誘いするに当たって、都合の付けやすい曜日や時間帯はありますか？

お酒は飲まれますか？　顔合わせの食事やお茶等の段階で交通費や謝礼を希望されますか？

またプロフィール写真以外で、普段のお出掛けスタイルのお写真を拝見出来れば嬉しいです。良いご縁になれば素敵ですね」

マッチングサイトに登録する前、いわゆる交際クラブへの入会を考えたことがある。以前は愛人クラブなどと言われていたが、最近はもっぱら交際クラブ、出会いクラブなどと呼ばれているようだ。電話で入会希望を伝えると、クラブのスタッフと面談することになった。銀座のティールームで女性スタッフと待ち合わせ、女性会員の写真と簡単なプロフィール、初デートまでの段取りなどの説明を聞き、こちらは運転免許証を示して年齢確認をされた上で、職業、年収、希望する女性のタイプなどをヒアリングされるのだが、その時に言われたのが、

「初デートでは、お茶だけの場合でも交通費として一万円を渡して下さい。ちゃんと封筒などに入れて下さいね。あと食事の予約はしない方がいいと思います。フィーリングが合わないということでお茶だけで終わらせたいと思う場合が双方にありますので」

ということだった。なるほど、交通費だけで一、というのはサイトでも交際クラブでも同じだ。それだけを目的に危険度の少なそうな、「五十歳代以上の男性が好きです♡」などと言って誘ってくる女性も多いということなのだろう。

「女性には必ずロングではないスカートを履いてお会いするように指導しています。男性にもお願いしたいのは、決して作業着や短パン、Tシャツなどのラフなスタイルで会われることの

無いように。是非ジャケットは羽織って頂きたいと。まあ、あなた様の場合は大丈夫でしょうけれど」

結局その交際クラブへの入会は、入会金や一回のデートのセッティング料金が高すぎたので断念したのだが、そのような話を聞いていたのでスミレには事前にデート代について聞いてみたのだ。それに対しスミレは、

「お茶やお食事の段階では交通費や謝礼などの要求は一切考えておりません。男性もお忙しい中時間を割いてその場所まで来て頂き、お食事もご馳走になるわけですから、それ以上の要求は致しませんのでご安心下さいませ」

との返信が来たのだった。三十四歳とあるが大人の女性だと感じた。さらに、

「私は高級ブランドショップで接客をしていますが、若い男性には全く興味が無く、六十代から七十代くらいの方とのお付き合いを希望しております。ケンジさんとお会いするのがとても楽しみです♡

私は本名を理佳子と申します。そのように呼んで頂けると嬉しいです」

と胸がときめくような一言、二言まで添えてある。期待に胸が高鳴った。

初デートは銀座で、待ち合わせをしてから食事をすることになった。新橋にほど近いシティホテルのティールームで待っているとプロフィール写真そのものの、小柄だが人目を引くような美しさのスミレが現れた。赤いブラウスに黒いパンツスーツで、ブラウスと同色のバッグを提げている。肌が透き通るように綺麗だった。

銀座のクラブに勤めている幸恵と何回か行ったことのある「おおたけ」が満席だったので、同じ八丁目にある「瀧沢」というお店で、理佳子の希望で天ぷらを食べた。

「瀧沢」は十一席のカウンターだけの店で、若い職人が二人で揚げている店だったが、年配の女将さんが接客と飲み物を担当しており、ワインやお茶の知識も深く、安心して「おまかせ」を楽しめるところだった。季節の野菜と魚介を中心に、ほど良いタイミングで出される天ぷらを楽しみながら話も進んだ。

「十年ほどお付き合いしていた方とお別れしたので、あのサイトに丁度登録したところでした」

「十年とは、随分長いお付き合いだったんですね。どうしてお別れしたんですか?」

「お前はまだ若いんだから、いつまでも俺なんかとこんな関係を続けていてはいけない。キッパリ別れて結婚も視野に若いオトコと付き合いなさい、と言われました。急にそんなこと言われても、もう遅いですよね」

と言って明るく笑う。

こういう世界が普通にあったのかと驚いた。理佳子は高級ブランドショップで宝飾品の販売をしており、普段からそれなりの客を相手にしていることもあってか、立ち居振る舞いも言葉遣いも洗練された大人の女性を感じさせる。しかし十年も愛人をやっていたのだ。十年というとパパ活というお気楽なイメージとは全く異なり、二号、愛人、そんな言葉が脳裏に浮かぶ、明治から大正・昭和初期の文学で描かれるような世界だ。こんな素敵な女性が二十三、四という若さでどうして愛人になったのか。何か特別な性癖等がありそうにも思えなかった。疑問は湧いたが初デートでそこまで聞くのははばかられた。もし今後付き合うことになれば追々わかってくるだろう。そのパパと別れた時も、聞いた通りの美しい話ではなかったことが後でわかるのだが。

理佳子は顔も腕も肌がとても綺麗で、シワもシミも一つも無いように感じられた。理佳子が勤める店のセレブな男性客も理佳子を指名して買い物に来ると言うし、夫婦でよく来る客も、

「主人は理佳子さんのお勧めなら何でも買っちゃうのよー」

などと金持ちならではのやりとりもあるらしい。

こんな女性と大人の付き合いが出来るなんて夢のようだ。


秀司はブドウの品種、特にドイツのものは良く知らないが、女将さんに勧められたリースリングがとても天ぷらに合った。丁度ボトルも空いて気持ち良くなり、食事も終盤に近づいた頃合いを見計らって、今後の二人のことを打診してみた。

「僕は理佳子さんとお付き合いしたいと思っています。でも理佳子さんは僕本人を目の前にして断わりにくいでしょうから、もし応じてくれるのならメールで連絡してもらえますか？」

「大丈夫です。私の方こそお願いしたいと思います」

「良かった。大人を前提にお付き合いするという理解でいいですか？」

大人というのは男と女の関係のことを指すこの世界の専門用語だ。

「もちろんです」

「その場合、露骨な話で恐縮だけれど、都度三にして頂けるとお誘いしやすくて助かります。その後、二人が素敵な時間を過ごせることがわかればアップしたいと思います」

「はい。それで結構です」

あっけなく理佳子と大人の付き合いをすることになり、理佳子ほどの美人でも初対面の自分とそういう関係になることに気安く応じてくる、今はそんな時代なのかと秀司は思った。或いはたまたま理佳子がそういう状況だったのかもしれない。

以前、大阪に毎週のように出張していた折に知り合った北のクラブの幸子がこんなことを言っていたのを思い出した。

「男と女は所詮タイミングよ。たまたま私が離婚したばかりで、付き合っているパピーとけんかしている時にあなたが登場した。それだけのことなんよ」

幸子とは出張のたびに逢瀬を重ねた仲なので、そのように言われたことが若かった秀司には少々寂しく感じられたものだ。

銀座のクラブの幸恵とはそういうタイミングに出会えなかったということなのかもしれない。銀座のクラブの女性でも、タイミング次第で大人の関係を持てたり、逆に長く付き合ってもその先に進めなかったりするのだろう。

そして今、理佳子は正にそういうタイミングだった。これは秀司にとってはラッキーな話だったのだ。だがそんな理屈など、展開の早さと嬉しさに興奮した秀司にはどうでもいいことだった。

理佳子と初めて身体を合わせたのは横浜のホテルだった。ティールームで待ち合わせ、デイユースを利用して関係を持った。

秀司はいわゆるラブホテルが好きではない。もちろん過去には利用もしてきたが、大抵のラブホは通りを一本外れたうら寂しい路地に面している。入り口は目立たないように壁を建てたり樹木で覆い、出入りする人間が通行人と顔を合わせないような設えだ。もちろん秘め事だから目立ちたくないというカップルも多いだろうが、楽しいことをしに行くのに、こそこそと何か悪いことをしに行くような気分にさせるのだ。しかも室内は窓を覆って暗くしてあり、安っぽい装飾や照明、大きな換気扇の音。憧れの彼女との嬉しい時間を過ごす雰囲気では全くないのだ。

秀司はホテルではカーテンを全開にして昼間の陽光を室内に取り入れて、女性が嫌がらない限りは明るいベッドで女性と身体を合わせたい。初めて触れ合う時は大抵の女性は暗くしてほしいと言うが、回を重ねると明るい中でハッキリ目を見つめ合って重なり、終わった後は陽光の中でお昼寝をしたりおしゃべりしたりする。そういう過ごし方が秀司は好きだった。

理佳子はヨガが長年の趣味だからなのか、小柄な身体だがメリハリが利いて美しく、柔軟だった。こちらのどんな要望にも応えられるような柔らかい身体で、秀司も張り切ってお互いが満足出来るような素敵なピークに向けて努力した。

しかしながら理佳子は殆ど無反応だったのだ。嬉しそうでも気持ち良さそうでもない。まるで白けた雰囲気で、秀司が終わるのを待っているかのようだった。

前パパが理佳子に避妊させていたのだろうか、大丈夫というのでそのままでフィニッシュしたのだが、そうでなかったらおそらく秀司もイケなかったと思う。

秀司の技量不足なのか、前パパによって特殊な性癖の身体に仕込まれてしまったのか、いずれにせよ初めてだから緊張したという感じではなく、いわゆる不感症なのかもしれない。

ベッドで軽くおしゃべりをしてからシャワーを浴び、同じホテルのレストランで食事をしたが、銀座でのデートの時とは打って変わって殆ど会話も進まなかった。

これには秀司も戸惑った。会話の糸口を探して楽しい話題を振るが、いかにも乗りが悪い。疲れたのだろうか。そういえば今日は全くの普段着だ。普通のジーンズ、すなわちオシャレな外出用のジーンズではなく、主婦が近所のスーパーに買い物に行くようなボトムスに色あせた七分袖のTシャツ。秀司自身は、初めて関係する日だということで多少オシャレをしてきたのだが、理佳子は休日でヨガレッスンの帰りだという。それにしても二回目のデートでしゃれっ気の無い服装。これは親しみの表れなのか、釣り上げた男への理佳子風の振る舞いなのか。ひょっとすると秀司がそれほどの男でもなかったと見切って、一回で関係を終わらせようとする意図があってのことなのかもしれない。

美人局だったのかという疑問は湧かなかったのだが。

結局たいして楽しくもないディナーを終えてその日は別れたのだが、二、三日経って「ハニーパパ」の理佳子のプロフィールをのぞいてみて驚いた。理佳子の顔や身体、趣味だというお菓子作りや旅行先の風景などの美しい多くの写真が追加され、プロフィール文書も書き換えられて、パパを募集している。つまり秀司は不合格だったようだ。これには少々落胆したが、一応メールで理佳子に聞いてみることにした。

「理佳子さんの考え方を確認しておきたいのですが、複数の男性とのお付き合いを望んでいるのですか？　『ハニーパパ』のプロフィールでは今でも男性を募集しているように見受けられるのですが」

するとほど無く、

「今プーケットに来ています。私が常に素敵な男性との出会いを求めていることをお察し頂けて何よりです」

という返信が来たのだった。

手当が少なかったのか。だったらそう言ってくれればいいのに。

波長が合わないと感じたのか。それはお互い様かもしれない。

男からのサポートで海外旅行を楽しむのが趣味なのか。「ハニーパパ」のプロフィールに海外旅行が趣味だと書いている女性が多くいたことを思い出した。つまり自分の趣味のためのパパ活。もちろんお金の使い方は自由だが、悪く言えば遊び金欲しさに身体を売っているのに変わりないのではないか。そしてオトコはそういう需給システムを利用して自分の欲望を満たそうとしている。そういういう時代なのだと言われればそれまでだし、秀司の歳が時代感覚からずれているのかもしれないが、何か漠然とした腑に落ちないものを秀司は感じる。男は恋愛を求めているのに対し、女はもっとさばけて割り切っている。

そういえば昭夫も言っていた。

「早い話が売買春ですよ。相手がプロじゃないっていうだけでね」

日本には売春防止法という法律があり、同法二条にはこう書いてある。

「この法律で売春とは、対償を受け、又は受ける約束で、不特定の相手方と性交すること」

そうするとパパ活はやはり法律違反になるのだろうか。

同法では不特定の相手と性交することを売春と言っており、特定の人の場合は対価をもらっても売春にはならず、十八歳以上の相手であればお金を支払っても逮捕されることは無い。愛人や恋人に金銭を渡しても罪にはならないのと同じ事だ。

つまり、個人的に付き合ってセックスをし、金銭の授受があっても法令には抵触しないのだ。女性たちがそこまで理解した上でサイトでの出会いと付き合いを行っているかはわからないが、パパ活に抵抗が無い現代の世情が見えてきたように思われた。

理佳子は二十三、四の若い頃から年配の男に囲われて、愛人として育てられてきた。それなりに洗練され特段の不満も無い時間を過ごしてきたと思うのだが、一方普通の二十代から三十代の女性の楽しみ、同年代の友人とのおしゃべり、恋愛、恋人との食事やお酒を飲みながらの楽しい語らい等が、すべて置き去りにされてきたのかもしれない。そしてその手枷足枷が取れた今、自由に、自分好みの男と遊びや恋愛に興じることを楽しみたいと思っているのだろう。理佳子は長年束縛されてきたのだろうか。

再度理佳子と食事をすることになった。横浜駅にほど近い洋食屋だったが、理佳子はちゃんと秀司の好みの日本酒を手土産に持参してきた。そのあたりは実にそつが無い。これも元パパに鍛えられたことなのだろう。

すでに秀司の気持ちは冷めて、食事の先も今後の付き合いも考えていなかったので、思い切って前パパについて理佳子に聞いてみた。

相手の年配の男性は理佳子が勤める高級ブランドショップの客だった。何度か接客し親しくなり、理佳子を指名して高額な商品を買ってくれる上客だった。理佳子は正社員だったが基本給は安く、商品を売ると一定率のリベートが入るので高額商品を買ってくれる客の存在はありがたい。そんなリッチな客が馴染みとなりちょくちょく買ってくれるとなれば嬉しさから距離も近くなる。そんな頃食事に誘われた。紳士的でお金持ち、見た目も悪くないとくれば理佳子には断わる理由など無かった。寧ろ心のどこかでデートを望んでいたようなところもある。

親子ほども年齢の離れたカップルではあるが、今はそんなことも全く違和感が無い時代なのか、お店でも街中でも誰からも妙な目で見られたりしない。

最初のデートは関内の寿司屋だった。理佳子は、相手の風貌からフレンチにでも行くのかと思ったが、もちろん和食も大好きだ。その店は特に今風に凝った工夫をするわけではないが、ネタの目利きで知る人ぞ知る有名なところで、名前だけは聞いたことがあったが食事をするのは初めてだった。相手の男性は慣れた様子で大将と言葉を交わし、軽めに肴と煮物、焼き物などを注文し、その後お任せで五、六カン握って貰う。もちろん理佳子にも好みを聞き、大将と自分のお勧めを説明してくれたりした。酒はあまり飲まないらしく、小さめのグラスでビールを飲んだあとは冷酒を一合飲み、理佳子もお付き合い程度に少しだけ飲んだ。

振る舞いは上品で洗練されており、女性の扱いも上手かった。

タクシーを拾い、理佳子の家の近くまで送ってもらったが、車の中で軽く手を握るくらいで、それ以上のことは無かった。

二回目のデートは横浜駅に直結するビルの高層階にある、有名なシェフの名を冠したフレンチレストランで、多少のワインも飲んだところで、

「僕は理佳子さんがとても好きだよ。僕と付き合ってくれないか。もちろんそれなりのお礼はするつもりだよ」

と言われ、理佳子はうなずいたのだった。

お礼は都度でもいいし月極でも、ある程度まとめて渡してもいいと言われ、一回の大人デート毎に五万円貰うことになった。

最初の頃は月に二、三回ほどデートをし、理佳子も男性もお互いの立場を理解した上での付き合いに特段の不満も無かった。食事とホテル以外に出掛けることは殆ど無かったが、理佳子はそれで良かった。しかしながら男性が糖尿病を患い、少しずつセックスが出来なくなってくると、理佳子を束縛し始めたのだ。

男は自分のセックスに自信が無くなると嫉妬深くなり、女性の異性関係に妄想を抱くようになるのだろうか。女性は自分の所有物であり、自分のセックスだけで満足させたい。他の男になびくなど許せない。自分が可愛がっているものが失われるという不安が増幅していく。

逢う回数が減ったのとは裏腹に、月極で十五万円が振り込まれるようになり、いつの間にか定期的に連絡を入れることが義務となった。それがエスカレートして毎日、仕事のことも仕事以外のことも、今日は何をしたのか報告しなければならなくなる。理佳子はもとより浮気などするつもりも興味も無かったが、日課の連絡が遅れたりすると男性の執拗な問い詰めにあい、休憩時間などにロッカーに置いてある携帯電話を見ると多くのメールや電話が入っていることもしばしばだった。

さすがの理佳子も不安になり、このまま付き合い続けるとどうなるんだろう、そもそも付き合えるのか。自分から付き合いを終わらせることなど出来るのだろうか。

そんなことを考え始めた頃に、

「辛くなるだけなので、もう理佳子とは付き合えない。若い男でも見つけるなり結婚するなりする方がいいだろう」

と突然別れを告げられたのだった。

男性と付き合い始める前に男経験はあったが、十年という長い期間を一人の父親のような年齢の男一人と関係を持ち続け、理佳子は少々感性が狂ってしまったのかもしれない。そんな自分を修復するために複数の男性との付き合いをしたいと思った。

秀司はそんな理佳子に少々不憫を感じ、これからは誰にも縛られずに、大いに大人の女としての素敵な人生を歩んでいけばいい。そんな風にも思う。

だが秀司は複数の女性との付き合いを望んでいるわけではない。若い頃は「保険」のような感覚で二、三人の女性を掛け持ちしていた頃もあったが、今はそういう気持ちにはなれない。

もちろん年齢的な問題や金銭的な負担のこともあるし、それほど多くの時間をこういうことに使えるわけでもない。

しかしながら一番の理由は相手に対する礼儀のようなものだ。たとえこのような関係であっても、やはり複数の女性を掛け持ちするのは何となく相手に失礼のような気がして、落ち着かないのだ。だから相手の女性にも同じ感性と行動を望んでいる。

秀司は恋をしたいのだ。恋愛のような付き合いを望んでいるのだ。

理佳子とはこれ以上付き合えないと感じた。

あっけなく始まった理佳子との付き合いは、あっけなく終わったのだった。

七

秀司は女性不信だ。若い頃、四歳年上の女性と五年間付き合い、結婚をすることに何の疑いも感じなかったが、二人で計画していた夏の旅行の前日に電話があった。

「……秀司、ごめん」

「どうしたの？　急用でも出来た？」

「……ごめん」

いつに無く深刻な声色での二回目のごめんで悟った。

「……好きな人が出来たの？」

「私自身も何が起きているのかよくわからないの。だけどその人と離れられない。放っておけないの。本当にごめん」

全身の感覚が無くなり、力が抜け、何も言えず、何も考えられなかった。

しばらく二人とも沈黙した後に、

「彼と続くのかどうかもわからない。とにかく落ち着いたら連絡するから……」

「わかった。元気で」

やっと言えたのはそれだけだった。

もちろん、元気なことを望むわけがない。相手がひどい男で後悔すればいい。続くわけがない。傷付き、ボロボロになって俺のところに戻ってくればいい。

でもひょっとすると、本当にもう会えないかもしれない。五年も愛と信頼を深め、二人の将来の夢を描いてきたのに、その結果がこれか。彼女の頭の中はもう自分のことは影も形も無く、新しい彼氏とのことで一杯なのか。

彼女は奔放で年上だったので、秀司はリードされていた。デートの場所、内容、お酒を飲みながらの話、友人に会いに行く、一日の過ごし方を決めるなどなど、二人で過ごす時間の殆どすべてを彼女がアイデアを出し実行する。それが秀司には心地良かった。彼女の両親にも気に入られて、一緒に食事をしたり彼女の家に泊まることもしばしばだった。

彼女を恨んでみたり、楽しい思い出がよみがえってきたり、戻ってくれたときに何と言って迎えようか、いやそんなはずはない、などと心が行ったり来たりし、胸と胃が交互に痛み、食欲は失せて夜は眠れず、痩せてやつれて相当衰弱した。

このまま永遠に元気な自分には戻れないのかもしれないとすら思った。

そのような全ての感情を無くしたような生活が続き、考えるのは彼女のことばかり。他の女性のことを考えてみても全く意味が無かった。心はすぐに彼女のところに戻ってしまうのだ。辛かった。いや、辛いという感情すら湧かない日々だったようにも思う。毎日ボンヤリと職場に向かって歩き、それなりに最低限の仕事はこなしたが全くやる気も無く、衰えていく。淡々と毎日が過ぎていく。こんな日がいつまで続くのだろう。

酒を飲むと一時心がおおらかになり、彼女を許すことで大きな男になるのだ、などと錯覚を起こして気分が楽になるのだが、酔いが醒めると必ず飲む前以上に落ち込むことになった。

もう二度と恋愛など出来ないのだろう。苦しく辛いだけの恋愛などする意味が無い。恋愛が成就することなど無いのだ。付き合っている時には楽しく気分が高揚することもあるだろう。だが愛は虚構だ。相手の女性が、いつ他の男に気が向いたり寝取られたりするかわからないのだ。

秀司の彼女は、いわゆる男好きのするオンナだった。男に色目を使われ、それを悪く思わず寧ろ楽しむタイプだった。つまり男好きでもあるのだ。そのような女と付き合うのは、しょせん秀司には無理だったのだ。秀司の心は彼女と付き合うには繊細すぎたのだ。

それでも秀司は、死ぬことだけは考えなかった。どんなに悲しく辛いことがあったとしても、心の傷は必ずいつか、時間が経てば癒やされていくと信じていたのだろうか。

そして彼女に囚われていた秀司の心も、ふと気が付くと彼女のことを忘れていることがだんだん多くなり、徐々に立ち直っていることを実感し始めたのは半年くらい経った頃だった。繰り返し秀司の心を占領して秀司の身体を痛め付け、気力と体力を奪っていた彼女と彼氏の妄想、彼女の言葉や笑顔、彼女と過ごした日々の思い出も段々とリアルさが薄れ、靄が掛かっていくような感じがし、その頃から食欲も少しずつではあるが戻ってきたように思う。やはりよく言われるように、心の傷が修復され、治癒されるのは時間の経過しかなかったようだ。漸く仕事や読書、友人と飲むことなどにも関心を持てるようになり、他の女性に恋心を寄せられるようになったのは、結局一年くらい経った頃だったように記憶している。

しかしながら秀司の心は深い傷を負い、女性を心の底から信用出来なくなったようだった。女性の言葉や行動に対して常にうがった見方をし、疑心暗鬼に陥る。他に好きな男がいるのではないかと常に妄想し、傷付くのが嫌なので前もって嘘がわかったときの準備をしておくのだ。いや、嘘ではないのだろう。女性の心は移ろいやすいもの。あなたが好き。あなただけ。その言葉を言った時には真実でも、時が経つとあまり抵抗無く心変わりをするのだろう。或いは奈保子が言っていたように、根本的にオンナは気分屋だということなのかもしれない。

恋愛はいつか終わるもの。男か女のどちらかが傷付き別れるのだ。そんなしち面倒くさいことをなぜ人は止められないのだろう。恋愛は楽しいものなのだろうか。ドーパミンが分泌されて理性を失うくらい没頭出来るから、傷付き終わることがわかっていてもそういう刺激を求め続けてしまうのか。

それ以降の秀司は、一人の女性と深く触れ合うことが無くなり、常に二、三人の女性と同時に付き合うことが多くなった。妻の裕子と付き合い、結婚したときもそうだった。裕子以外に二人の女性と付き合っており、結婚後もしばらく関係を持っていた。

中年と呼ばれる歳になってもその傾向は変わらなかった。A子に振られてもB子がいるから大丈夫！　傷付かない、というように。保険を掛けるように。

バブルの頃、女性たちの間でアッシー君とかキープ君とかいう言葉がはやったが、秀司の場合はキープさんだろうか。本命はいるけれど、その女性との関係が終わっても他のガールフレンド、つまりキープさんがいるから寂しくない。

だからと言って身体だけが目的で女性をもてあそんでいたわけではもちろんない。関係を持ったどの女性も愛していたと思う。女性を愛するキャパに限界は無いのだ。むしろ外に好きな女性がいたときの方が妻に優しくなれたという気すらするのだった。

男は結構まじめに恋愛をするが傷付きたくない。一方、女は案外さばけているのだ。


同時期に複数の異性と付き合うのはいけないことなのだろうか。

発情期のメスのチンパンジーは、自分の息子を除いて近くにいる全てのオスと交尾するという研究報告もある。フリーセックスの極みみたいな感じだが、もちろん野生動物の行動には繁殖にまつわる理由がある。子育て中のメスのチンパンジーは交尾を拒絶するので、そのメスと交尾したいオスは子供を殺すことがあるが、それを防ぐために父親をあいまいにすることで、群れのオスのすべてに生まれてくる子供の父親として振る舞わせるのを目的として乱交するらしい。

ボノボ、別名ピグミーチンパンジーとも呼ばれる種類は平和の証し、挨拶代わりに交尾をし、しかもオスメスのセックスだけではなく同性同士でも性器をこすり合わせるなどの行為を行うことも報告されている。人間でもハグしたりキスをしたり、頬を摺り合わせるなどの挨拶があるので、それが少々進化しただけという気がしないでもない。サルも人間も大して変わらないのだ。

秀司のようなマイナス思考的に複数の女性と付き合うことでは無く、積極的に本気で複数の異性と付き合うことを実践している人たちもいる。

米国を中心に、「ポリアモリー」というムーブメントがある。愛するカップルや夫婦において、パートナー以外の異性と愛し合うことを認めて生きていこうとする考え方で、基本的にはパートナーに嘘をつくのが嫌だから、正直に告白して公然とデートをしたいということらしく、三人または四人で食事をしたり一緒に生活するというバリエーションもあるようだ。子供への説明や嫉妬心という様々な問題もあるが、それらを乗り越えて幸せに暮らしている人たちも多いという。だが女同士、男同士でぎくしゃくすることは無いのだろうか。また子供がいるともっと複雑な問題が生まれそうだ。社会制度への対応もあるし、それ以前に親同士が対立した時の子供の精神的な負担は相当大きいものがありそうだ。

ポリアモリーは「一対一」の性愛を絶対とするキリスト教国である米国ならではのムーブメントなのかもしれない。一夫一妻が厳格だからこそ、それに違和感を持つ人が新しい生き方を模索していると受け止めることも出来る。社会規範に囚われず、自らの意思と選択に基づいて愛を実践している人たちなのだ。一夫一婦制を否定することも無ければ、自分たちが唯一正しいなどと主張することもない。

「社会規範や婚姻制度を漫然と受け入れるのではなく、自分の意思で付き合う相手の人数を決める」ことが大切だと考えているのだ。

こうした考え方がどこまで広がるかはわからない。しかしながら、因習や社会の空気を排除して、全くの自由意志で行動出来るとき、女性も男性も本来複数の異性を同時に愛せるのではないだろうか。或いはそれは恋愛ではなくただのセックスの相手、ということなのかもしれないが。

日本は長い間一夫多妻の社会だったが、戦国時代にキリスト教が伝来して以来、宣教師たちはキリスト教的な貞操観念を日本に根付かせようとしたらしい。しかしながら武士社会や裕福な町人社会では、妻の他に妾を囲うことは普通に行われており、明治時代には妻と妾を同等の地位に認める法令も制定されたくらい、一夫多妻制は違和感無く日本社会に根付いていたので、大きな変化は生じなかったようだ。

だが明治時代の富国強兵、殖産興業のスローガンのもとに欧米列強に追い付き追い越すことが日本の進むべき道であり、一夫多妻は近代国家にふさわしくない、倫理にもとる、やめるべきだと考える権力者たちが戸籍法を改正し妾という名が無くなり、更に明治三十一年、民法によって一夫一婦制を取るようになったのだ。

良い悪いではなく、単なる制度に大衆が従ってきたというだけの話で、しかも一夫一婦制は歴史が極めて浅いということを考えざるを得ない。遠い過去から継続しており永遠に続けるべき倫理観というわけでもなければ、世界中が従うべき規範でもないのだ。絶対などではないのだ。

では将来的にどういう男女の形態がふさわしいのだろう。

結婚という制度に囚われずに子供を作れなければ、少子化は止まらないことは明白だ。経済が成長し続けることによって幸福も増していく。そんな神話は崩壊している。結婚して子供を二人産む、夫の給料は順調に上がり続け、専業主婦で教育熱心な妻が家事と育児を一手に引き受け、子供を立派に育て上げ、老後は夫婦で悠々自適の年金暮らし。

そんな妄想を今の時代に誰が描けるのだろう。全てが崩れ始めて未来に夢も希望も持てないからこそ、少子化も止まらないのだ。

「社会の持続可能性を維持出来ないほどの低出生率は、いわば国民投票のようなものであり、今の国のあり方に対してノーと言っているのに近い」

と某大学の研究者も言っている。

苦労することがわかりきっており、親や先輩たちの実情を見ていると、結婚などに夢も希望も抱けない人が増えるのも当然だと思う。

欧州諸国では非嫡出子でも嫡出子と全く同等の権利が保障される国もあり、それは同時に子供の成長と教育は社会が責任を持つという様々な制度があることが前提だが、それによって少子化曲線が下げ止まったという報告もされている。関連する法令の改正も多く必要になるだろうが、そのような議論が活発になることも今後日本では必要なのではないか。

「愛人」という考え方は今の社会でどのような位置付けがされるものなのだろう。裕福な男が、経済的に恵まれない女性を扶助するのが二号や妾、今風に言うと愛人やパパというスタイルだとすれば、女性の社会的地位の向上と賃金格差の是正が進み、女性が社会経済的弱者で無くなった日には、ひ弱な女性を扶助するという理由が無くなるので、自然に解消されていくのだろうか。欧米ではともかく、日本ではほど遠い理想のような気もするのだが。ほど遠くてまったく現実離れしているからこそ、交際クラブやマッチングサイトなどで公然と愛人希望、愛人募集のやりとりが普通に行われているのだろう。

チンパンジーやゴリラの世界でも、食物を分け与えてその見返りに交尾をする、ということが普通に行われているらしい。オスの方が食物を仕入れる能力が高いとすれば、自然なことなのか。でも人間は腕力で食料を手に入れるわけではない。知恵と能力で力を大きくしていく。ではなぜ、身体が大きくて力の強い男、声の太い男が女にモテるのだろう。原始時代の名残なのだろうか。

結婚に夢を描けず、かといって仕事に恵まれず、或いは仕事があっても歴然とした男女格差の中で、女性たちは疲弊している。

特別な贅沢をしたくて愛人になりたがっている女性もいるだろう。単に男と遊びたくて、或いは特殊な性癖を満足させるためにサイトを利用する女性もいるだろう。

だが、そうでない女性もたくさんいるようだ。

夫の暴力や経済観念の無さからやむを得ず離婚を選択した女性たち。渋々離婚を承諾した夫も、養育費や生活費を払い続けるのは二割だ。欧米では公的機関が立て替え払いをした上で、元夫から強制的に取り立てる国や地域もあるというのに。

夫が家庭や子育てに無関心で、何のために結婚したのかわからなくなってしまい、新たに生きる意味を見いだそうとする女性たち。

職場環境や職種により、ふさわしい男性に出会えず、いつの間にか結婚が人生の選択肢から外れる年齢になってしまった女性たち。

様々な境遇、育った環境から結婚に対する夢や希望を持てず、でも男性との付き合いはしたいと思う女性たち。

安定した収入を得られない女性たちが、男性との深い付き合いの見返りに金銭的なサポートを望むことを批判出来るのだろうか。非正規雇用の女性たちの平均年収は二〇一九年の調査で

152万円だ。

秀司は、入会した「ハニーパパ」に、様々な事情を抱えた女性たちが正直に自分の希望を伝え一時の夢を見たがる姿勢を見た。日本の家制度や男社会から、多様性が普通に存在し尊重される真のジェンダーレスなグローバル社会への過渡期に、人生が最も充実する年代を迎えている女性たちの戸惑いや模索に接し、それが一層女性への愛おしさを心に染み込ませることになっている自分を感じるのだった。

八

「ケンジ様。はじめまして。エリカと申します。
プロフィールとお写真に惹かれてメールしてみました。
落ち着いた大人の男性でいらっしゃるのですね。でもとてもお若く見えます。
私は二人の子供と暮らしているシングルマザーです。
それでも宜しければ少しお話し出来れば嬉しいです」

エリカのプロフィールに写真は添付されていない。年齢は四十四歳とある。サイトに登録されている他の女性たちより年齢は高めだが、秀司は大人の女性が一番輝き始める季節は四十歳以降だと考えており、少々譲っても三十歳代後半より上の年代にしか交際相手としての興味があまり湧かない。若い女性は美しいとは思う。シワやシミの無い弾力のあるなめらかな肌、薄くオイルを塗ったような、シャワーを掛ければ水が球になってはじかれて流れるようななめらかな肌。しなやかな髪。何でも吸収出来そうな柔らかな心と頭脳。若いということは、若いというだけでとても大きな価値があるとは思う。スタイルや顔の善し悪しなど吹き飛んでしまいそうだ。

それでも秀司は若い女性と積極的に付き合う気にはなれなかった。仕事で若い女性と知り合う機会はあるが、可愛いとか面白いとか、よく勉強しているなと思うことはあっても、女性としての魅力を感じることはあまり無い。

まず話の内容だ。三十も歳の離れた若い女性と共有出来る人生経験など一つも無いだろう。好きな音楽や映画、遊び場所、食べ物の好み。

ペットと遊ぶわけではないのだから、大人の人間同士で色々な話をしながら美味しい食事やお酒を楽しみたいのに、人生の経験年数があまりにもかけ離れていると対等な関係で付き合うことが難しいのではないかと秀司は思う。

エリカからのメッセージには何となく惹かれるものがあった。たった五行の短い文章。顔文字もハートマークも何も無い普通のシンプルな文章。だが落ち着いた大人の女性の雰囲気を感じる。

「メッセージをありがとうございます。僕はこんな歳なので、こちらから最初のメッセージをお送りするのが憚られるので、ご連絡頂き嬉しいです。エリカさんはお仕事されているのですか？

お仕事環境やエリカさんの雰囲気が分かるお写真など拝見出来れば嬉しいです」

「ケンジさん。こんばんは。メッセージを頂いて嬉しいです。

私は結婚願望は無く五十代、六十代以上の大人の男性とのお付き合いを望んでいます。

銀座の会社で事務職をしています。職場は銀座でも、銀座のお店など行ったことはありませんが（笑）。写真をお送りします。写真写りが悪いのでお恥ずかしいです」

メールに添付された写真は解像度が低く少々ボケた感じだったが、普通のチョット綺麗な女性という印象だった。髪はショートボブっぽく、目鼻立ちは比較的ハッキリしており、可愛いというよりは美人タイプだと感じた。プロフィールでは身長は１６５～１７０センチメートルとある。品もありそうだが特段のしゃれっ気がある感じではない。こういう品のありそうな普通の女性もこのようなサイトを利用してパパ活をする時代なのか。

「お写真拝見しました。ありがとうございます。

お綺麗でお若く見えますね。親しみやすいと言われませんか？

ところでもしお会い出来るとすれば、都合の良い曜日や時間などはありますか？

前もって予定することが必要ですか？

苦手な場所や街はありますか？

質問ばかりで申し訳ありません。


ちなみに僕は本名を秀司と言います。好きな名前なので宜しければそれで。

なお、僕のプロフィールに通報がいくつか付いているようです。メールでお話をした上でフィーリングが合わないと感じてお会いするのを見合わせるだけで通報する方がいらっしゃるようです。僕は業者でもなければ危険なオオカミでもないですし、ドタキャンチャラ男でもありません。どうかお気になさらずに」

「ハニーパパ」では不愉快な思いをさせられたり、業者や断わってもしつこくメッセージを送ってくる相手をブロックしたり、相手のプロフィールに通報マークを付けて他のメンバーに注意を促したり出来る機能がある。それを利用して、会うのを断わられた腹いせに通報マークを付ける女性も多いらしく、秀司のプロフィールにも通報マークが五個付いていることを教えてくれたのは、三回デートをした高級ブランドショップに勤めていた理佳子だった。「ハニーパパ」に登録した女性たちのコミュニケーションサイトが立ち上がっており、そこで様々な報告や体験談に花が咲いているとのこと。さすが女性だ。

そのサイトをよくチェックしていた理佳子によると、登録している男にも色々いるようで、デート当日のしかも約束の時間ギリギリでのドタキャンなど当たり前（これは近くで観察していて、登場した女性を見てお茶代も惜しくなったのだろうと理佳子の分析）。もっと酷いのは食事をしているとき、「ちょっとトイレ」などと言って席を立ち、そのまま帰ってこない例もあるらしい。

顔合わせ以前のプロフィールの段階でも、

「今日一億円の入金があった」

と入金額が記載された預金通帳の写メ。

他にも札束が山と積まれている写真が載っていたりポルシェやフェラーリに寄り掛かってい
る写真が送られてきたりするらしい。

同性のプロフィールは見られないので、秀司は興味深く理佳子の話を聞いたものだった。

理佳子によると、

「ほとんど嘘だと思う」

「私は麻菜です。通報は気にしていません。善良な女性ばかりでないことは知っています。
私、親しみやすい感じですか？　笑　年配の上司に好かれます。街中でよく道を聞かれます
(笑)。
お会い出来ればとても嬉しいです。
ただ私には中一と小三の二人の子供がおり、子供たちの夕飯の支度をしておかないと夜に家
を空けられないので、可能であれば二、三日前までにご連絡頂ければ助かります。
平日の夜、十八時以降であれば都内のどこでも伺えます。銀座でも大丈夫です」

文章は丁寧でしっかりしており、やはり大人の女性だと感じた。

そしてシングルマザーだ。

シンママになった経緯にも興味があるが、まだ会ってもいない人の個人的な事情を聞くのもデリカシーに欠けると思う。会ったときの雰囲気でお互いの現在に至る境遇を話す機会もあるだろう。

一週間後の平日の夜、新橋にほど近いシティホテルのロビーラウンジで待ち合わせることになり、メールで連絡を取り合えるようにお互いに設定をした。

九

麻菜は嬉しかった。久しぶりの高揚感だ。

メッセージをよこすオトコたちは最初からタメ口の高飛車だったり、からかい、冷やかしの類いも多かった。もっともこんな年齢だから仕方無いかとも思うが。

「あれ……?このサイトは年齢制限無かったっけ？　笑」

「おばさんには全く反応しないのであしからず」

などの不愉快なメールを寄こす男も多い。相手にしたくないならメールなんて寄こさなければいいじゃない！

このサイトで知り合った三人の男と会ったが、まるで麻菜には響かなかった。やはり出会いは難しい。ゲスメールを見るのもうんざりしてきたのでそろそろ退会を考え始めていたが、でももう少しだけ。あと一日か二日でイイオトコが、新規に入会したイイオトコが見つかるかもしれない、と気持ちを引きずられて二～三週間経つが……。

ついに諦めて「ハニーパパ」を退会しようとした矢先だった。


これが本当に最後と決めて、五十代～六十代の東京と神奈川在住の男性に絞り込んで検索し、「ケンジ」を見つけたのだった。ケンジが他の女性とのやりとりを始める前にアピールしたかったが、上手くいったようだ。

ケンジのプロフィール写真を見たときの印象そのままのメッセージ、つまりダンディーで大人の礼儀をわきまえている。言葉遣いは丁寧で、まだ見ぬ女性への配慮も窺える大人の男なのだろう。期待が膨らむ。

だがデートすることになったとしても着ていくものが無い。あまり興味が湧かない男だったら普段着でもいいが、ケンジはちょっと違う気持ちが働く。銀座でのデートなど近年はしたことも無い。

女性向けの雑誌で紹介されていたレストランに友人数人と出掛けたことがあるくらいで、離婚して銀座一丁目の職場と高円寺の自宅を往復するだけの毎日、子育てに明け暮れる毎日になってからは、着飾って華やかな通りを歩くことなど皆無だった。

秀司にはもちろん好かれたい。どんな女性が好みなのだろう。だが無理をしても仕方が無い。背伸びしても続かないし、相手はおそらく百戦錬磨。すぐにバレるに決まっている。

職場に通ういつもの服装で行こう。だけどチョットだけオシャレして。

例えば、お気に入りの可愛い刺繍の入った白いTシャツに、ブランドものではないけれどスカーフを巻いてみようか。

膝丈のタイトスカートはいくつか持っているけれど、職場の人間にいつもとの違いを気付かれそうだからボトムスはいつものパンツスタイルで。

ハイヒールは無理。夕方までに靴擦れか豆を作って歩けなくなるのがオチだ。

美容院に行きたいけれど、お金も時間も無い。それは諦めよう。

秀司に送った写真は離婚する前のもので、あの頃はもう少し美容にも気を遣っていたんだけど。

ウキウキした。いい歳をして、まるで高校生のようだ。でもこんな気持ちがオンナを美しくするのだと思う。全身の細胞が入れ替わったように浮き立つのを感じた。

十

麻菜は、期待を裏切らないと思われる女性だった。

秀司には女性不信があり、女性に期待しない人生を送ってきた。いや、期待しないのではなく、期待することを辞めているだけなのかもしれない。期待などするから困惑や絶望を味わうことになる。メールを送れば返信が欲しい。しかも出来るだけ早く。自分が書いたメールの一言一句に対する反応を想像する。これは明らかに期待だ。既読も付かず返信も無いと、不安が募り、心がざわつき始める。妄想が跋扈《ばっこ》する。秀司は傷付きたくないのだ。

二度とあのような経験はしたくない。世間的に言えば単なる失恋なのかもしれないが、秀司にとってはトラウマ、いや立派なＰＴＳＤだと思う。何十年も前の二十代の頃の経験に、その後の一生が囚われているのだ。

期待はしない。だが期待されることは心地良い。

そんな秀司の心を見透かしたように、秀司がメールを送ると忙しい場合などは、

「今ちょっと手が離せないので、夜にお返事しますね！」

などと麻菜は取り急ぎの返信メールを寄こす。

麻菜のテクニックなのか、それとも性格なのか。

いずれにせよ秀司の心に安心と平穏をもたらせてくれるのだ。こんな女性は久しぶりだった。


交際クラブでは、顔合わせの日は食事の予約はしない方が賢明、と教えられた。会ってみたら全くタイプではなく早く帰りたい、ということが双方に起こり得るからとのことだったが、逆に女性が食事も期待していたら、或いは意気投合してお食事でも、ということになったら、入れるお店をその場で探して電話を掛けたり歩き回るのは是非とも避けたかったので、一応予約をしておくことにした。

食事の好みやアルコールの可否など確認しておけば良かったと悔やんだが、まあ和食系なら間違いは無いだろう。遠くまで人混みの中を歩くのも何となくばつが悪い。銀座八丁目の寿司

懐石の店のカウンター席を予約しようと思ったが、いきなり銀座の高級店では先方が気が引けるかもしれない。職場は銀座でも銀座の店などには行ったことが無いと言っていたことも思い出す。

以前幸恵が勤めていた銀座八丁目のクラブの近くのビルの三階に「和」という店がある。「和」と書いて「なごみ」と読ませるのだが、静かに飲み食い出来る広めのカウンターがメインの店で、従業員は全員着物、と言っても普段使いの和服に割烹着姿の女性で、特段格式の高い店ではない。ここなら安心してもらえそうだ。つまみも充実しており、お酒を飲むなら一通りのものは置いてある。最初にこの店に来たのは知り合って間も無い頃の幸恵とだった。幸恵が知っていた店で、銀座のクラブの同伴客もよく来るとのことだった。気持ち良く飲む女性だなという印象を持ったことが懐かしくよみがえる。

日本全国から選んで取り寄せた珍味を酒のつまみに提供してくれる。ご飯ものや麺類もある。何よりカウンターが壁に遮られること無くコの字型に配置され、一人の客が占有出来る面積が広く、静かで混み合わないところが秀司のお気に入りとなった理由だ。客が席に着く場所を想定してスポットライトが食材を照らし、良い雰囲気を作っている。当然禁煙だ。

秀司はいわゆる居酒屋という場所が苦手だ。食材を焼いた煙や、いまだにタバコを自由に吸える店もあり、店内に煙が充満している中を見ず知らずの客が肩を寄せ合うように座る。大抵はおそらく職場の同僚なのだろう、二、三人から五、六人のグループで訪れ、酒が入るとどんどん声が大きくなり、周囲の声が大きくなるともっと大きな声を出すことになる。手をパンパン叩いて大きな声で笑い合う。食材は味付けを濃くして美味しく感じさせるだけのものだ。

安価なのは、客席を詰めて多く取っていることと大量に買い付けるホルモン剤を投与された「米国産牛肉」、遺伝子組み換え技術で通常の何倍もの大きさに育てた鮭や腐らないトマトなどを使用しているからだ。「野菜はほとんどが中国産」で、漂白剤で白くされたもやし。秀司はどうしても食べる気にならない。

そんなことを言っていては切りが無いのはわかっている。だが知ってしまった以上、避けられるものは避けたいのだ。

また、そもそも秀司は集団行動が苦手で、大きなグループでの飲み会もやむを得ない場合を除いて大方断わるタイプだ。親しい友人と二人、せいぜい三人ぐらいで飲むのが性に合っており、世間話をして大笑いするより静かな実のある、またはユーモアのある会話を楽しむ。

そんな秀司の好みをわかってくれるだろうか。明るくはしゃぐ男が好きかもしれない。だがそんなことを考えていても仕方の無いことだ。麻菜には期待もするが、最初から正直な自分をぶつけてみよう。それで波長が合えば嬉しいし、お互いにタイプだと感じなければそれまでのこと。また他の女性を探すまでだ。

当日は秀司は会社帰りなので、スーツ姿だ。でも少しオシャレをしたい。「ハニーパパ」のプロフィール写真には細身のパンツとジャケットスタイルで若作りをしていたので、あまり違和感を感じさせないように明るい色目のストライプシャツに少々華やかなネクタイで。会社を出てからネクタイを外して細いスカーフを巻いても良いかもしれない。いわゆるビジネススーツではなくオシャレな雰囲気の品の良い濃紺の細身のスーツにして、若々しく軽やかに。

軽くコロンも吹き付けておこう。もちろん会社を出てから。

おっと、絶対に残業にならないような段取りも必要だ。定時は十七時三十分だが大抵十九時頃まで全員が居残っている。これはマズイ。麻菜との約束の時間は十八時三十分だ。十八時には会社を出ていたいが、直前に自分より若い上席者に呼び付けられ、長々と新規プロジェクトの話など始められたらアウトだ。夕方会社にいるのはリスキーだ。外出する用事を作って、直帰する予定にしておくのが賢明だろう。ポストオフの定年延長職とは言えちょっと前までラインの部長でいたのだから、その辺りの自由は誰にも阻害されない。聞かれたら商社の知り合いと会うと言って十六時頃から外出しよう。もちろん昭夫と会う必要など無い。

十一

時間にそれほどの余裕が無かったので、丸の内にある最近人気があるショップのチョコレート六個セットを買い、その紙袋にホテルのフラワーショップで購入した小さな花束を添えた。身だしなみも手土産も、ちゃんと準備が出来ていると心に余裕を持てるのはビジネスの世界も同じだ。特段の緊張は感じなかったので、そこそこのおしゃべりは出来そうだ。

シティホテルのロビーラウンジは混み合っていた。数名が名前を書いて順番待ちをしている状態で、秀司も仕方無くそれに従って待つことにした。意味も無く時間を潰しているような人間はさっさと帰ってほしい。こちらは重要な待ち合わせなのだ。

ここのティールームは、天井の高いロビーの一角を背の低い仕切りで囲ったような造りで、視界はオープンだ。同伴っぽい待ち合わせカップルが二、三組、男は恰幅の良い中年か日に焼けたスポーツマンタイプだ。だらしない感じの男はいない。お相手は着物や高級そうなワンピース。

クラブの女性の見分け方は髪の毛だと幸恵に聞いたことがある。プロの女性は出勤やデート前に毎日美容院に行き、その日の洋服に合う髪型にセットをしてもらう。従って夕方の銀座のカフェや料理屋でアップにされたり美しく整えられた髪をした女性がいれば、大抵はクラブの女性なのだと。

初々しいカップルも目に付いた。交際クラブを通じての、或いは友人の紹介での初めてのデートかもしれない。女性は二十代、男性は三十代後半だろうか。いかにも初対面で緊張している様子が見える。だが話が纏まったらしく席を立った。有名なホテルのティールームやバーは、初対面でも警戒されずに使いやすいので、様々な男女の待ち合わせによく利用されている。

あとは中年の女性のグループと、商談をしている中高年の男のグループが何組かだ。もう六時を過ぎているのだから、グズグズと時間潰しなどしていないで帰るか食事にでも出掛けたらどうなのか、などと心の中で文句を言っていたら都合良く何組かの客が席を立ち、秀司の順番が回ってきた。奥の方の空いているソファー席を希望すると承知してくれて、入り口を見渡せる居心地の良い席に座ることが出来た。約束の時間まであと十五分ある。アールグレイを注文してからトイレに席を立った。用を足してから鏡の前で衣服を整え、軽くオーデコロンをスプレーした。

ソファー席なので、座る位置は横並びがいい。対面すると遠くなりすぎて話がしにくいし、斜めに向かい合うのが良い雰囲気を作るだろう。

六時二十五分を回ったところでメールの着信音が鳴った。麻菜からだ。嬉しさについ顔がほころぶ。

「秀司さん。今ティールームの入り口に着きました。どの辺りに座っていらっしゃいますか」

秀司は立ち上がって見回すと、プロフィール写真でみるより若干細めの女性がこちらを窺っている。手を振るとすぐに気が付き、麻菜の口元から白い歯がこぼれた。

想像していたより整った顔立ちだ。しかもセンスが良い。清潔そうな真っ白いTシャツにベージュのパンツスタイルだ。首にオレンジ系の細いスカーフを巻いている。こちらへ歩いてくる。歩き方は綺麗だった。ベージュのローヒール、手足が長く大きめの歩幅で背筋を伸ばして、真っ直ぐ秀司を見つめながら近付いてきた。

はじめましてなどという挨拶は、周囲に人がいる以上妙だと秀司は思うので、今までも言ったことは無い。名を名乗るのも変だ。お互いに名前はわかっているし、待ち合わせの現場で人違いなどあり得ない。

「お疲れ様。お仕事上手く切り上げられましたか？」

秀司は立ったまま笑顔で右手でソファー席に座るよう促しつつ、最初の言葉を掛けた。

「大丈夫です。前もって段取りを組んで、終業時間と同時に席を立ちました」

麻菜はすぐに、秀司の初対面の挨拶などを省くという意向を察して笑いながら応じた。

「それはお上手。何か飲まれますか？　僕は紅茶を頂いています」

「何かカフェインレスのものがあるかしら」

飲み物のメニューから麻菜はハーブティーを選び、水を運んできたスタッフに秀司が注文した。

「カフェインを控えていらっしゃる？」

「最近なんです。夕方以降にコーヒーや紅茶、緑茶を飲むと夜、寝付きが悪くなってしまって」

「そうですか。覚えておきますね。ところでイメージしていたよりずっとお若くてお綺麗ですね。驚きました」

「まあ、ありがとうございます。きっとお化粧のせいです」

と笑う。

「背もお高いんですね。170センチメートル近くあるんじゃないですか?」

「167センチメートルです。高く見えるのは上げ底」

と答えてまた笑う。

「秀司さんはお写真で拝見した通り、ダンディーで素敵ですね。お会い出来て嬉しいです」

「こちらこそ。麻菜さんは事務職とのことですが、どのようなお仕事なんですか? 差し支え無ければ」

「大手通信会社の子会社で、人事、総務関係の事務仕事を受託している会社の事務をしています。超ホワイト企業で楽ちんです。派遣なんですけどね。秀司さんはどのような毎日なんですか?」


話が弾んだ。最初の五分で会話のテンポや波長が概ね合いそうなことがわかった。

四十四歳、落ち着いた会話の出来る洗練された大人の女性だった。

秀司の目的はサポートの見返りに大人の付き合いをすることだ。相手も同じはず。それがこのサイトに登録した者同士の暗黙の了解だ。

だがその前に、女性と知り合えて楽しいおしゃべりが出来ることが秀司には嬉しかった。麻菜はモデルのような特段の美人でもないし、若くもない。だが品があり会話の機転も利き、楽しい時間を共有出来る予感がした。

お互いの仕事のこと、最近の天候不順のことなど世間話をしているうちに七時近くになったので、食事に誘ってみた。

「ところでお腹はすいていませんか？　こんな男と食事なんて……絶対無理！　ということでなければ、良かったら近くのお店に出掛けませんか？」

「アハハ、そんなことないです。是非！　お腹ペコペコです」

「良かった。麻菜さんはお酒は飲まれますか？」

「日本酒は苦手で。その分ビールとウイスキーは大好きです。それで良ければお酒にもお付き合いさせて下さい」

「わかりました。そうそう、これつまらない物ですけれど手ぶらでお会いするのも何だから。チョコレートはお好きですか？」

「わー、嫌いなわけないです。嬉しい！　このお店、名前だけは知っていましたが食べたことありません。嬉しいです。大切にいただきます。ありがとうございます」

支払いを済ませて「和」に向かった。

出会いの趣旨など関係無く、波長の合う女性と飲み食い出来ることが何より嬉しかった。

十二

カフェの入り口から見ると、右奥のソファー席に男性が一人で座っている景色が目に映った。秀司だと確信した。だが一応メールをしてみよう。

「秀司さん。今ティールームの入り口に着きました。どの辺りに座っていらっしゃいますか」

奥のソファー席の男性が反応してこちらを窺っている。立ち上がって手を振った。プロフィール写真で見た通り、スタイルが良さそう。それにオシャレな雰囲気で親しげ。ときめいた。

「お疲れ様。お仕事上手く切り上げられましたか?」

すぐに気が付いた。彼は、いかにも初対面という挨拶は無粋だと感じているのだ。そして立ち上がったまま私をソファーに誘い……やはりダンディーだ。

デートなど久しぶりだった。しかも銀座のホテルのティールームで待ち合わせ。最初は軽く仕事の話、そしてお天気の話。食べ物やお酒の話。少しだけ彼の専門であるインテリアや照明の話を交えて、お店を選ぶ時の基準やよく使う予約サイトの話。この人は見栄を張らない。十分魅力的なのに遠慮がち。カッコイイのに威張らない。いい意味でマッチョな男じゃない。正直な人。

麻菜は男性不信。どちらかと言えば中性的な優男が好み。秀司の第一印象は合格だ。いや、第一印象はサイトのプロフィールと写真でとっくのとうに合格済みだった。第二印象はサイトのメールやスマホメールでのやりとりで合格。そして今、会ったときの第三印象か。百二十点だ。

「ところでお腹はすいていませんか？　こんな男と食事なんて……絶対無理！　ということでなければ、良かったら近くのお店に出掛けませんか？」

笑った。何てユーモラスなの！　もちろん断わる理由など全く無い。

麻菜は好き嫌いは無く、ビールや洋酒ならお付き合いは出来る。そのことを伝えると秀司が破顔。可愛い人だ。

秀司は手土産まで用意していた。銀座や丸の内にはブランド化したチョコレート専門店も多いが、どれも高額なので麻菜には縁が無い。秀司が渡してくれたのはパリを拠点に活躍するパティシエの店で、丸の内にある。ケーキやマカロンでも有名だが、斬新な色使いのチョコレートがよく売れている。大分前に食べたことがあるような気もするが、いずれにせよ嬉しいサプライズだった。手土産や花などくれたオトコは皆無だ。

ティールームを出てから、秀司が一応予約してあるというお店に向かった。銀座は他の繁華街に比べると歩きやすい街だが、この時間帯はさすがに人も車も多く、秀司は麻菜に気を遣い、人とすれ違うたびに、車をよけるたびに上手にエスコートしてくれた。

腕を組みたかった。でも初対面でそれはダメだろう。慣れた女だと思われたくないし、事実慣れてなんかいない。ただ年配の素敵な男性と銀座でデートしているという少々浮かれた気分に流されそうになっただけだ。

歩きながらよく行く店や好みなど聞かれ、正直に答えた。

離婚してからは外食などほとんどした覚えが無い。子供たちとファミレスにはたまに行くけど。家でも酒を飲むことはある。ビールは高いからもっぱら第三のビール……そこまでは言わなかったが。

「今日は子供たちには晩ご飯を作っておいたから久しぶりの夜の外出でとても嬉しい、ありがとうございます」

秀司は優しい笑顔を作り、

「それなら安心だ。良かった。楽しみましょう」

と言った。

子供のこととか離婚した経緯とかは聞いてこなかった。配慮なのだろうか。麻菜は聞かれたら何でも正直に答えるつもりだ。隠しておきたいことなど一つも無い。むしろ聞いてほしかった。話したかった。飲む前から少し酔ったみたいだ。

十三

「和」は待ち合わせをしたシティホテルから歩いて三分ほどのビルの三階にある。ビール、ワイン、焼酎、日本酒、ウイスキーなど一通りの飲み物は揃えてあり、麻菜はビールを飲みたいと言った。

秀司も多少の緊張からか喉が渇いており、二人で生ビールの中ジョッキで乾杯した。

ここまで言っていいものか多少気後れしたが、

「二人の出会いに、乾杯！」

と言い、麻菜も嬉しそうにグラスを重ねた。麻菜の笑顔は素直で好感が持てた。歯を見せて目を細めて幸せそうに笑う。それが出来る女性が案外少ないことに、その時気が付いた。

秀司はジョッキを半分ほど飲み干すと、

「あー、旨い！」

と思わず口に出す。麻菜も三分の一ほど飲み、

「美味しい！」

と言ってまた笑顔。

ビールの飲みっぷりが良い女性は一緒に過ごしていて気持ちがいい。下心など無くても、酒好き同士のあうんの呼吸みたいなものがあるのだろうか。

クラブに勤める幸恵も酒が好きで、一通りの料理が終わってから店の大将がお茶を出そうとすると、

「私、ビール」

というほどのビール好きだった。大将はあわてて、

「失礼しました」

と言ってビールを出したが、笑った秀司を見る幸恵の笑顔が可愛かったのを覚えている。

幸恵とは最近会っていないが、元気でいるだろうか。

時候の挨拶や久しぶりに会いたい、などとしばらくの間メールを送って寄こしたが、秀司の懐が保たないので適当な返信をしてばかりいたら、だんだんメールの頻度も薄くなり、最近はほとんど来なくなった。幸恵との時間は楽しかったが、一晩十万円では秀司の身分を超えている。幸恵のことは好きだったので残念だが、幸恵とは今後会うことも無くなりそうだ。


「和」でサラダや刺身のつまみを二、三品たのみ、本日のお勧めを聞いてみると数種類のキノコをオリーブオイルで軽く炒め、タラゴンというハーブで香り付けをしたものがあると言うので、早速それを注文した。お通しだけでお腹が満足しそうな質と量があり、つまみも一品一品丁寧に作られていると感じた。日本酒の銘柄も、田酒、而今、醸し人九平次、伯楽星、黒龍など、秀司の好みのものが多く用意されている。獺祭スパークリングまであるのには驚いた。

良い日本酒を置いてある店は大抵冷やで飲むことが前提になっているが、秀司が好きな日本酒の飲み方は燗酒で、家で飲むときは一割くらいの水を足して人肌に燗をする。すると五臓六腑に優しく沁み渡る感じがして、とてもリラックス出来、幸せな気分にしてくれるのだ。但し、純米の良い酒でないと味のバランスが崩れるので、銘柄には気を遣う。

「和」は焼酎の種類も豊富だった。あまり詳しくない秀司でも知っている大魔王、森伊蔵、赤兎馬、村尾など、手に入りにくい銘柄が揃っていた。

だが今日は麻菜に合わせて日本酒や焼酎は見合わせる。頼んだつまみには白ワインが合いそうなので麻菜に聞いてみると、普段はワインをあまり飲まないが今日は特別でとても美味しく飲めそうだと言う。ワインリストを見せてもらうと、「ルイ・ジャド」があった。ブルゴーニュのシャブリ地区で生産されるシャルドネ種の白ワインでほど良い酸味とミネラルを感じる少々さっぱりめで辛口のワインだ。高額だったがそれを貰うことにした。秀司は天ぷらや和食を食べるときにはよくシャブリを合わせる。よく冷えたシャブリは魚介と相性が良いと思うからだが、オリーブオイルを使った野菜料理にもきっと合うはずだと考えた。これは好みの問題だが、麻菜は気に入るだろうか。

「美味しい！」

よく冷えていた。これは食事が進みそうだ。

「美味しい！　わかったわ！　ワインをあまり飲まないのは美味しいワインを飲んだことが無いからだったのかしら」

などと自嘲気味に言って笑う。

秀司もワインのことはよく知らないので、通常は、「今日のメニューに合うワインを」などと言ってお店任せにすることが多い。たまたま知っていたルイ・ジャドがリストにあったのだが、それを頼んで正解だったようだ。麻菜の顔がほころび、酔いも話も一気に進んだ。

立ち入ったことを聞くつもりは無かったが、お互いの近況など話し合っている内に麻菜の方からプライベートなことを話し始めた。心地良く酔いが回り始めた証拠なのだろう。

麻菜は六年前に離婚し、中学一年の女の子と小学三年の男の子を一人で育てている。離婚の直接の原因は夫の不倫ということになっているが、そんなことはどうでも良かったらしい。何しろ別れたかったのだと。

結婚前は優しかった。麻菜に気を遣い、物腰も柔らかく、家事・育児を夫婦で楽しくやるのが夢だと語っていた。

「ゴミ出しは俺の役目だよ。

風呂掃除もやる。

買い物は一緒に行こう。

週に一回は外食しよう。

子供は三人欲しい。昔はバスケットボールチームを作りたいと思ってたけど。

麻菜ちゃんは仕事を続けたければそうすればいいよ。その方が話の幅が広がる。

仕事帰りに待ち合わせて外でご飯を食べてもいいね。高収入じゃないけれど、頑張って働くから、決して麻菜ちゃんを裏切らないから、だから……」

結婚してくれと言われ、麻菜は承諾したのだ。この人なら大丈夫。きっと平和に、幸せに暮らしていける、と信じられた。平凡でも安寧な結婚生活をイメージ出来た。


「あら、私の話ばかりでごめんなさい。酔ったかしら。秀司さんの話も聞かせて下さい」

「僕なんか話すことは何も無いですよ。酒好きのどこにでもいるような普通のサラリーマンで、若い頃は色々やっていたけれど最近は趣味らしい趣味も無いし……。

あの、立ち入ったことをお聞きするつもりは無いんですが、生活費とか養育費とかは元旦那さんからは貰っているんですか？」
「彼は子供のことは好きなので養育費は出してもらっています。最近は滞り気味ですけれどね」

日本では離婚によって片親だけが親権者になるのだが、親権者で無くなった親であっても、子供が経済的・社会的に自立するまでに必要な衣食住の経費、教育費、医療費など養育費の支払い義務を負うことになっている。だが実際は、養育費を受け取っている割合は母子家庭で二十五％以下である。

離婚協議書などで養育費の取り決めをしていればその割合はもっと上がり、さらに協議の内容につき公正証書を作成しておけば、給与や不動産の差し押さえなどが可能となる。公正証書が無い場合でも調停の申し立てや履行勧告等の手続きを経て強制執行の申し立てが出来ることになってはいるが、相手の財産を特定するなど手続きが煩雑だ。

また離婚協議書もすんなりと合意されるわけではない。

通常、離婚を決意するかなり前からメンタルが相当疲弊しており、少しでも早く別れたいので、離婚の条件や離婚協議書の作成など手間と時間の掛かるものは避けたいのが心情だ。その場合、口約束の養育費や生活費などはほど無く支払われなくなり、子供を引き取った女性が経済的に困窮することになるのだ。

麻菜がプロポーズされた時に夫が誓った言葉の数々は、結婚後すぐに一つも守られなくなった。家事の手伝いなど一切しない。酔って家に帰ってくればテレビを見ながらゴロゴロして寝てしまう。

妊娠中も同じだった。特に一人目を身ごもったときにはつわりが酷く、二ヶ月近く家事がほとんど出来ずに寝ているだけの時期もあった。そんな時でも夫は家事もまともに出来ないのか、と不機嫌になり、一人で飲みに行ってしまう。何一つ手伝おうともしなかった。出産休暇を取り、遠方の母に手伝いに来てもらうなど辛かった思い出しかないと麻菜は語った。

「秀司さんはきっと奥さんにもお子さんたちにも優しいんだろうなぁ」

秀司は建築を専攻したということもあり、掃除をし易い間取りや建築素材、料理に適したキッチンの採光や動線にも興味があったので、家事が全く苦にならないどころか寧ろ積極的に動く方だった。育児にも関心が高く、夫婦で参加するマタニティー教室に通い、ラマーズ法の勉強をし、自然分娩で子供を出産することが夫婦の目標となっていた。もちろん、子供の出産には立会い、出産の神秘と家族の絆を確認したかった。新しい夫婦や夫のあり方に多少酔っていたのかもしれないが、当時は全力を傾け、それで良かったと思っている。

最近でも時間のあるときには掃除や片付け、軽い模様替えなど何かしら身体を動かしている。特に料理にはもっと取り組みたいと思っているが、雇用延長の身とは言え土日しか時間を取れない。サラリーマン引退後にはやりたいことが山のようにあるのだった。

そんな話をすると麻菜は、

「秀司さんのような人と巡り会いたかったな」

とかすかに笑みを浮かべ目を潤ませるので、

「口では色々言えるけれども妻はおそらく僕に不満だらけですよ」

などと笑って話を終わらせようとしたが、麻菜は自分の話を続けた。

「久しぶりにリラックスしてお酒を飲んじゃったので、ごめんなさい、身の上話なんか始めちゃったわね。もう止めますね。せっかくの秀司さんとの時間、もっと楽しい話をしましょう」

麻菜は一通りおしゃべりしてスッキリしたのか、今度は秀司に色々と質問をぶつけてきた。

「どうして『ハニーパパ』に登録したんですか?」

「何人くらいの女性とお会いになりました?」

「お休みの日にはどのように過ごされているんですか?」

そこで秀司は、今まで担当した仕事の中でもいくつかの面白い話などを披露したのだが、麻菜はどの話にも興味を持ち、時に笑ったり時に驚いたりしながら熱心に聞き続けるのだった。


「和」の壁に掛かった時計は秀司たちが座ったカウンター席の真っ正面にあった。インテリアのテイストは高級割烹風だが、アルネ・ヤコブセンのデザインしたモノトーンの時計が不思議と調和している。もう九時をまわっていた。

「あ、もうこんな時間になっちゃった。ここからお家までどのくらい掛かる? 子供たちの明日の支度やら何やらあるでしょうから、そろそろお開きにしましょう」

「そうですね……。秀司さん、また会ってもらえますか?」

「僕からお願いしたいくらいです。麻菜さんとは話のテンポも考え方の波長も合いそうで、とても嬉しい。僕で良ければ是非また会って下さい」

「嬉しい」

会計をしてもらっている間に、

「今日は楽しかった。ありがとう。これ、交通費です」

と言って一万円を入れた可愛い封筒を渡そうとすると麻菜は驚いたような顔をしながら首を振って、

「そんな……秀司さんもお忙しい中お時間を作って頂いて、美味しい食事とお酒をご馳走になったのだから、それは受け取れません」

秀司は少々戸惑った。交際クラブでは交通費を一万円渡すよう指示されたし、特にこのような関係で出会ったわけではなくても今時の女性なら受け取るのではないだろうか。もっとも高級ブランドショップに勤める理佳子も不要だと言っていたが。

「気持ちだけです。気取るつもりは無いけれどこれもお誘いしたオトコの礼儀かと……」

麻菜はしばらく秀司の目を見つめたあとで少々困ったような顔をしながら、

「ありがとうございます。では頂いておきます」

遠慮のポーズなのか本心なのかはわからない。しかしながら麻菜の態度は秀司にはとても好ましく思えた。大人の女を感じさせる麻菜らしく、とても自然に思えたのだ。大人の恋愛ゲームを楽しむ相手としては十分合格点を与えられる相手なのかもしれない。

麻菜は、銀座線から日本橋で東西線に乗り換えるというので、銀座駅の改札まで送り、秀司は日比谷まで歩くことにした。少し夜風に吹かれたい気分だったのだ。

こういう日はもう一軒寄り道をすることが多く、大抵は幸恵がいるお店に行く。幸恵は間違いなく歓待してくれるから。

でも今夜は止めておこう。麻菜からメールが入るかもしれない。その場合、すぐに返信したいのだ。メールで話したいことは大体決まっていた。今後の付き合いについてだ。大人の付き合いを振ってみるか、いやもう一回くらい普通のご飯デートをするのが紳士っぽくて良いのかもしれない、などと色々考えてみたが、このサイトに登録した趣旨はお互いに理解しているはずだ。ならばまどろっこしい手続きは逆効果になりかねない。単刀直入に聞いてみることにしよう。

日比谷から三田線に乗り、比較的すいてる電車だったので席に座った途端に麻菜からメールが来た。

「秀司さん♡　今日はありがとうございました。素敵な紳士と素敵なお食事、素敵な会話（私ばっかり少ししゃべりすぎてしまいました……反省）、本当に久しぶりに心から楽しめました。お土産も交通費もありがとうございます。もし私で良ければ、是非またお会いしたいです。どうか秀司さんも同じ気持ちでいてくれますように……ご連絡お待ちしています」

秀司は嬉しかった。とても素直に秀司への好意を伝えてくれている。もちろん秀司も同じ気持ちなので、じらすようなことはせず、ここは即レスだ。考えていたとおりの文言で。

「麻菜さん♡　こちらこそ素敵な時間をありがとう。本当に楽しかった。

麻菜さんとは大人のお付き合いを望みます。まだ早いと思われるのであれば近々もう一度ご飯デートでも如何でしょうか。サポートについてはご希望をおっしゃって下さい」

「もちろん♡です！　次回は是非大人のデートを♡　サポートも多くは望みません。秀司さんのお考えをお聞かせ下さい。私は二、三日前までにご連絡頂ければいつでも合わせられます。秀司さんのご都合の良い日をお知らせ下さいね。お待ちしています～♡」

十四

夫が何もしてくれない、面倒くさがり屋で亭主関白を気取って、家と子供のことはお前に任せたと言い、文句を言うと大きな声を出してキレる。一人目の子供が生まれた以降はそんな状態がほとんど毎日となり、結婚を後悔するどころか麻菜のトラウマになっている幼少期の父親や母の愛人のことが強く脳裏によみがえってきた。

長い間忘れていたのに。

もう乗り越えて男性不信を克服出来そうだと思っていたのに。

それでも麻菜は頑張った。夢に見た幸せな家庭を築ける。まだ出来る。夫もたまに優しくなることもあるし、そんな時は愛おしく感じることもある。

だが二人目を身ごもった頃から、自分の努力ではどうしようも無いことだと無気力になり諦めに似た気持ちが段々優勢になり、体調の不良を感じるようになった。

胸が締付けられるような圧迫感。

深い息が出来ない窒息感。

めまいやふっと気が遠くなるようなふらつき。

漠然とした恐怖。

正気を保てなくなる恐怖。

自制心を失った自分と世間との距離感。

ほてり、悪寒。

吐き気、腹痛、下痢。

最初は貧血か何かかと思いあちらこちらの病院の様々な診療科に行ってみたが原因がわからない。

最後に心療内科で、ストレスが原因のパニック症と診断され、症状があまりにもピタリとはまったので安定剤を処方されて普通の日常を過ごせるようになったが、それでも週に二、三日は寝込む状態が続いた。

「私が子供の時から父には二号さんがいて、ほとんど家に帰ってこなかったの」

酔った勢いもあり、初対面の秀司に告白してしまった。秀司はどう思っただろう、気になったが秀司には自分をさらけ出して自分の理解者になってもらいたいと感じたのだ。多少のことには動じない大人の男の印象を持ったのかもしれない。

麻菜の母は、麻菜と兄の二人の子供を育てていたが、麻菜が十歳くらいの時、八歳年上の兄が家を出て自活を始めると、母にも恋人が出来て、麻菜の家で三人で食事をしたり就寝したりしていた。麻菜はその頃から背も高く大人っぽい体つきでもあった。というのも母方の祖母がロシア人で麻菜はクウォーター。ロシア系の血が入っており、大きな目はいつも潤んでいるようで、頬骨は高く少々彫りの深いエキゾチックな顔立ちをしていた。

最初の頃は三人の仲も良くて、麻菜が寝付くまで川の字になってよく話をした。楽しかった。しかし母の恋人は次第に麻菜に触れるほど近くに寄ってくるようになり、そのうち手を伸ばしてきた。何となく母に申し訳なく、そのことは言えずじまいだったが、そうなるとエスカレートしてくるものだ。金縛りにあったようで指一本動かせない。母も気付いていたようだが、彼にも麻菜にも何も言わなかった。これはつまり我慢しなさい、という暗黙の指示なんだと麻菜は理解した。

その男とは最後の関係には至らなかったが、時を経て別の母の恋人からは麻菜が愛を告白され、ついにのし掛かられた。この時も身体は全く動かすことが出来ず、もちろん抵抗など出来るわけもない。拉致されて一緒に伊豆まで連れて行かれたこともある。

そんな経験を踏まえ、麻菜は平凡で普通の家庭を築く夢を持った。

そして……理想は崩れ去り、男性不信となったのだった。だから、

「結婚には興味が無く、五十代、六十代以上の男性とのお付き合いを希望しています」

などと「ハニーパパ」のプロフィールに書いたのだ。

落ち着いた大人の男性、性欲の塊みたいにガツガツしていない男性。

サポートはもちろん欲しい。だがそれ以上に欲しいのは、男の本当の優しさだった。でも本当の優しさっていったい何だろう?

男は狙った女性を落とすまでは優しくしていられることは経験上知っている。そしてその女性を抱くことに飽きると急に冷たい態度に変わって優しさなんてどこかに吹っ飛んでしまうらしい。これは男の本能だという説がある。自分の遺伝子を広くばらまくことによって種の保存を図るということらしいが、原始時代じゃあるまいし、そんな言い訳が通用するとでも思っているのだろうか。

本能だから仕方が無い？　冗談じゃない！

経済力が弱い女性をいいなりにさせて、いいように遊んで、身ごもったら知らんぷり？　馬鹿にしないでよ。そんな男はもうたくさんだ。某クラシックアニメのような美しい恋愛を望んでいるわけではないし、もちろん夢のような恋人が出来る若さも無い。だから相手が既婚者でもいい。会っている時は優しくしてくれて、乙女のような夢見心地にたまにはなりたい。

ただそれだけなのに、分不相応な贅沢な望みなの？

そんな希望も持てないの？

そんなことを考えていると眼に涙が湧いてくる。自分の人生って何だったんだろう？

子供たちは可愛いし二人ともいい子だし、心から愛している。この先、反抗期や片親というハンディーで恨まれることもあるかもしれない。だが麻菜は子供たちを愛し続ける自信がある。

私の生きがいの子供たち。貧乏ゆえの理不尽な目に遭わないでほしい。普通でいい。普通の中学生や高校生になって、友達とおしゃべりして素敵な男の子や女の子の話をして、クラブ活動に夢中になって……

だから多少の余裕が欲しいだけなのだ。

特段の特技が無い中年以降の女が仕事をしようとするとパート、アルバイト、良くて非正規派遣だ。女性、老人、外国人を合わせて女老外（じょろうがい）というそうだが、生産人口を増やそうとする政府の方針は非正規雇用の推進だった。外国との経済競争に負けないためには日本は労働者の権利が守られすぎているという意見もあるかもしれない。ならばもっと人材の流動化とそれが自然なこととして共有されるように、社会の制度や価値観を根本から見直すことが必要だ。それが前提だと思う。麻菜は非正規社員でいつ首を切られるかわからない。政府は生活保護という制度があると言い、自治体は「一人で悩まずに相談を」と言う。以前市役所に相談に行ったらたらい回しにされ、結局共感は得られずアドバイスも受けられず、相当疲弊した。生活保護の申請の時には、車や資産状況を調べられ、不仲でも親族から協力を得られないのかなど丸裸にされ直接問い合わせもされて、最終的に却下されたこともある。とても惨めだった。仕方無いのかもしれないけれど、これじゃ認定しないための制度じゃないかと思ったものだった。

そして秀司と出会った。付き合いたかった。やっと知り合えた優しい、いや優しそうと言うべきか、そんな男を失いたくなかった。六〇代ということもあるのかもしれないが、落ち着いていて話題も豊富。何より自分の話をよく聞いて共感してくれる。身体だけが目的なのがありありとしている若い男には無い知的な安らぎ。それが麻菜を安心させリラックスさせるのだ。それが嬉しかった。一緒にいると落ち着くのだ。

どのような付き合いになるかはまだわからない。だが十分自分の気持ちを満たしてくれそうだ。もちろん結婚など望んではいない。恋人などとおこがましいことも考えまい。でも会っているときは恋人のように浮かれて楽しみたい。

たまにデートしてお酒と食事を共にして、おしゃべりして、触れ合って、少々のサポートをしてくれればそれでいい。それで十分だ。

ホントに楽しい気分。周囲の人が皆優しい人たちに見えてくるから不思議だ。またメールしたい。でもそれは我慢。秀司さんはしつこいのが嫌いかもしれないし、頻繁な連絡は迷惑かもしれない。その辺りがまだわからないのがもどかしいが、まだ初日なのだから。これからゆっくり二人の愛を育んでいこう、などと夢想する。自分はまだ女の子だったのだ。

十五

秀司は麻菜にとても好感を持った。正直で人生が少々辛そうだ。庇護を求めている。だが美しく高貴さを保ち、背筋を伸ばして生きている。

麻菜とは話も合う。会話のテンポや笑いのツボも絶妙にマッチする。

是非とも付き合いたい。

麻菜は自分のことをどう思ったのか気になる。

もちろんメールではまた会いたいとお互いに相手を讃えた。だが言葉や態度の端々に引っ掛かることがあったりするのも人間の機微だ。

大人の触れ合いにはもちろん興味があるが、というかそれが目的で今まで活動してきたのだが、麻菜にはそれ以外の何か、人間としての心の触れ合いのような何か、それが期待出来るような気がするのだ。

恋愛の予感？

秀司は恋に恋するような癖が若い頃からある。想像し、イメージを膨らませ、色々なシチュエーションを想定して素敵な会話のシミュレーションをする。カッコイイ男を演じたいのだ。その相手として、今考えられる最高の相手が麻菜かもしれないと思われた。

早く次のデートの約束を取り付けたい。だがここは我慢だ。がっついているように思われるのは得策ではない。せっかく素敵な女性と知り合えたのだから、二人の関係を大切に育てていきたい。出会いのきっかけはパパ活サイトだが、麻菜と出会えたのは「ご縁」というものだろう。サイトで何人かの女性と会ったが、縁を感じるくらい特別な気持ちになれたのは麻菜だけだ。


最初の顔合わせデートから麻菜は二、三日に一度、メールで連絡を寄こした。その日の出来事や楽しかったことなどをまめに報告してくる。通勤電車の中から送っていると思われるものもある。そういう性格なのだろうか、または秀司に媚びを売っているのだろうか。

だが秀司は理由なんてどうでも良かった。単純に麻菜からのメールが嬉しかった。

秀司は基本的に女性不信。女性はいつどこで心変わりをするかわからない。

女性と付き合うと若い頃の苦い、いや苦しい思い出がいつもよみがえり、不安になる。その女性が大切であればあるほど、好きであればあるほど不安が頭をもたげ辛くなる。

だから距離を置いて適当な遊びと割り切ることにしていたのだ。

付き合っている女性に、他の男に恋をしたり好きになったりしないでほしいと言った時、

「恋はするものではなく、落ちるもの。突然の出会いは交通事故みたいなもの。仕方の無いものなのよ。だからそんな約束出来ない」

と言われたこともある。

男はもっとロマンチストだと秀司は考える。付き合っている女性に対する忠誠心のようなものを持つ。中世の騎士は、好きになった女性の手にキスすることを許されただけで、それを誇りに生きていく、というようなことを本で読んだことがある。誇り、夢、ロマンだ。言い換えれば単なる妄想だ。ありもしないこと、現実には起こり得ないことを心に思って、リアルな世界から遠ざかっていく。

そういう男と女の感情のギャップもよく聞く話だ。一方的に女に期待して、それが叶わなかったときには激しく憤り女を責める男がいる。

別れた女性への未練が断ち切れず、ストーカーになったり復縁を迫ったり、拒絶されると刺してしまう。女性の家族まで巻き添えにしたりする。その類いの犯罪を犯すのはほとんどが男だ。

男は情けなくて未練がましく心が狭いのだ。
失意からの立ち直りは女の方が早いという統計もあるらしい。

今日明日中にメールが来るはずだ。
俺からメールしたからすぐに返信が来るはずだ。
何かあればまずは俺に相談するはずだ。
これをプレゼントすれば喜ぶはずだ。
俺以外に付き合っている男も好きな男もいないはずだ。

結婚したり同棲していれば、
家に帰れば晩ご飯が出来ているはずだ。
「お帰りなさい。お疲れ様」と笑顔で迎えてくれるはずだ。
ビールが冷やしてあるはずだ。
部屋はキレイに掃除されているはずだ。

こんなものは単なる妄想なのだが、そのシーンを想定して男は行動をシミュレーションする。それは単なる空想や期待を超えて、必ず起こるであろう現実と思い込む。

だから期待が外れると、そんなはずではなかったと大きく落ち込むこともあり、中には怒りとなって女に当たるケースが生じるらしい。

ＤＶの始まりなのかもしれない。

もう少し静かな反応をする男たちもいる。期待や希望が叶わなかったとき、悪いのは自分だったと考える。

あの時あんな言い方をしたのがまずかったのではないか。

自分の態度や言葉のどこが気に障ったのだろう。

自分が期待しすぎただけで特に嫌われたわけでもないんじゃないか。

ひょっとすると他に付き合っている男がいるのかもしれない。

もうこちらから連絡を取るのを止めよう。

こういう人たちのことをＨＳＰ（ハイリー・センシティヴ・パーソン）と言うらしい。欧州ではよく研究されてカウンセリングなども一般的になっている国や都市もあるようだが、日本はこういう方面に関しては相変わらずの後進国だ。暗い、面倒くさいやつなどと言われ、表に出すことがためらわれる雰囲気が充満している。

ＡＳＤ、ＡＤＨＤ、学習障害なども少し前までは本人の努力不足だの空気が読めない困った人だと言われ、友人が多く前向きで明るい努力家でないと人にあらず、というような風潮があったくらいの国なのだ。日本人は周囲と同じでないとダメなのだ。自分の考えで行動するのではなく、周りがやっていることをやる人種なのだ。

前へ倣え
右向け右

秀司もどちらかと言えば日本人的で、且つＨＳＰなのだろう。相手の意向を深く考え、相手に気に入られるように振る舞う。連絡が無いと不安にかられ、色々と考えすぎて自滅するように落ち込むことすら若い頃はあったのだ。面倒くさいやつなのだ。

それゆえ失恋からの立ち直りも時間が掛かり、かなり辛いものがある。身をもって経験済みだ。二度と失恋などしたくない。不安定な恋愛を続けるなんて御免被りたいのだ。

だから波長が合うと感じた裕子とあまり間を置かずに結婚したのだ。恋愛など不毛だ。どちらかが傷付き終わることが「お決まり」なのだから、早く結婚して安心したかったのだ。当時は結婚して子供が生まれれば離婚はまれなことだったから、結婚さえすれば落ち着いて二人の生活を送れると考えたのだろう。

妻の裕子は出会った頃から秀司を不安にさせなかった。今でもそうだ。裕子は賢い女性で身持ちが堅い。男に媚びない。軽い人間を寄せ付けないようなクールさがある。一方で、人を疑うことの虚しさを知っているので人を疑わない。たとえ疑ったとしてもそれを封印する。それで人生に支障が無いことも知っている。だから秀司のことも疑っていない。また世間体や噂話、流行りなどあまり気にしない。どちらかといえばマイペースで対自的。しかしながら対他的な秀司とは仲が良く、自分の意見をしっかり持っていて秀司とは何でもよく話し合う。話し合っても意見が一致しなければ、最後は秀司の考えに合わせて行動することが多い。秀司を傷付けない術を知っている。秀司は裕子の庇護の下にいるようだ。一方で秀司が全面的に裕子を庇護しているようでもある。心地良い。

細かい要求や不満は当然お互いに多々あるが、相手の人格を否定するような争いにはならない。三十年以上一緒に暮らしてきたという揺るぎない信頼もある。裕子には心から感謝しているのだ。

そして麻菜も秀司を不安にさせない女性だった。

まめに連絡を寄こし、文面からも秀司を慕っている様子がわかる。

そんな麻菜に秀司は安心を覚えた。この女性とならストレスの無い付き合いが出来そうだ。出会えて良かったと心から思う秀司だった。

十六

二回目のデートで関係を持った。

秀司は歳やアルコールのせいもあり、ＥＤだ。勃ちかたも弱く挿入には不十分だし、無理矢理挿入しても続かず、いわゆる中折れをするので五十代前半からセックスする時にはバイアグラかレビトラなどのＥＤ薬を服用している。服用には秀司なりのルールがあり、空腹時、つまり食事から二時間程度以上経た空腹時に薬を飲み、一時間後くらいに触れ合うのが理想だ。そうでないと効きが悪く、残念な結果になりかねない。食後に服用しても効きが悪いと処方にも書いてある。

挿入やオーガズムがセックスによる満足感の全てではないと言う女性もいるが、男の立場では何とも後味が悪いものなのだ。女性には満足してもらいたいし、自分もクライマックスを迎えたい。

そのようなＥＤ薬の服用手順を守ろうとするとディナーの後での触れ合いは困難なので、必然的に午後二時か三時頃に落ち合って二人の時間を過ごし、六時頃からディナーを楽しむ段取りとなる。

そんなタイムスケジュールのデートに誘ってみたが、麻菜は喜んで応じてくれた。

「可能なら休暇を取るし、半休という手もあるから大丈夫です！」

と言って、待ち合わせの日時と場所を決めてほしいと返信があった。

比較的余裕があってラブホが好きではない男たちは殆どシティホテルかビジネスホテルのデイユースを利用する。女性の抵抗も少ない。以前は数も少なかったが近年は一流ホテルでも閑散期にはデイユースを設定しているところも増えてきた。街歩きや買い物の疲れを癒やしたり、お昼寝、籠もって仕事、女子会などなど、需要は結構ありそうでホテルの場所が良いと予約が困難な場合も多くなった。

ティールームがあったり、ロビーフロアが充実しているシティホテルであれば、そこで待ち合わせるのも不自然ではない。先にチェックインをしてシャワーを浴び、歯磨きを済ませておくことも出来るのだ。


麻菜との初めての大人デートもそんな感じだった。

初めて会った時と同じ、新橋駅にほど近いホテルの一階にあるティールームで待ち合わせをし、デイユース対応をしている隣のホテルで午後の時間を二人で過ごした。

「あの……私脱毛してるんです。ただ単に蒸れるのが嫌なだけで、別に変な性癖があるわけじゃないので秀司さんが嫌でなければいいんですが……」

嫌なわけがなかった。久しぶりのときめきで実はそんなことはどうでも良かったが、嫌なわけはない。そうでなくても麻菜の身体は美しかった。肌は白く滑らかだ。

秀司は匂いには敏感だが、麻菜の肌は何の匂いもしなかった。

子供が二人いる四十代半ばだが身体の線が崩れておらず綺麗な曲線を描いて、女性らしいというよりは少々筋肉質な印象を受ける体型だった。

秀司は六十一歳、麻菜は四十四歳。少なくとも秀司は激しく求める年齢でもないし、麻菜も秀司とは初めてということもあるのだろう、静かな交わりだった。

麻菜が満足したかどうかはわからない。だが秀司は久しぶりにオトコを発散し、幸福感に浸った。適度な満足感と疲労感を覚え、事後は心も穏やかに時間を過ごせたのだった。


「秀司さんにまた会ってもらうにはどうすればいいのかな……」

腕枕で隣に麻菜の体温を感じながら、心地良い疲労感に浸っていると、麻菜が目を半分閉じて天井を見つめながら聞いてきた。

「僕はまた麻菜ちゃんに会いたいよ。麻菜ちゃんとずっと付き合いたい」

「ホント？　嬉しい！　私でいいんですか？」

「麻菜ちゃんがいいんだよ」

顔を見ると麻菜の目が少し潤んでいるように見えた。気のせいかもしれないが。

愛おしいと感じた。

「私ね、本当は避妊しているんです。若い頃から生理痛が酷くて、その期間は鬱状態になって何も出来なくなっちゃうくらい酷かったの。だからもう子供が欲しいわけでもないから定期的に診てもらっている婦人科の先生に相談したら、低容量ピルと言うらしいんだけれど勧められて、それを服用していてね、月経は軽くなったし副作用もほとんど無いし鬱っぽい症状も出なくなって、とても楽になったの。で先生がね、これを服用していれば年齢のこともあるし妊娠の可能性は極めて低いって言ってた。最初に言わなくてごめんなさい。避妊しているなんて言ったら、秀司さんに変に思われるかもしれないと考えると怖かったの。大丈夫ですか？　こんな話はしない方が良かったかな？」

変に思われる、と麻菜が言ったのは、男と接触する機会が多い女だと思われるということだろう。麻菜がその話をすることをためらう理由はよくわかる。

しかし男にとって、避妊が不要で妊娠の心配も殆ど無いというのは、特に秀司のような高齢の男にとってはとてもリラックスした触れ合いを可能にするので嬉しいことなのだ。

「そうだったのか。わかった。教えてくれて嬉しいよ。重要なことだからね」

とだけ言っておいた。麻菜は素直で正直だ。

しばらくベッドの上で他愛の無いおしゃべりをした。

夜間に使用するドレープカーテンなどでの遮光は一切せず、夕方の黄色みがかった明るさがレースのカーテン越しに部屋を染めている。

モリス柄のドレープカーテンは三ッ山ヒダで、レールももちろん重なり合うように作られている。深いカーテンボックスはカーテンと共布で美しく設えられている。きっと夜間はしっかり遮光してくれるだろう。

そんなどうでも良いことをボンヤリ考えていると、秀司の方に向き直った麻菜に、

「秀司さん、眠いでしょ。私も凄くリラックス出来てるの。だからこのまま眠りたい気もするけれど、お腹すいてきちゃった」

と言われて、秀司も自分の空腹に気が付いた。

今日は麻菜の希望もあり、銀座四丁目の中堅の寿司屋を予約してある。おまかせメニューは三種類あり、つまみを多めに締めを握りで、少々つまんで握りを主体に、そしておまかせというよりはお好みに近いが客との会話の中で大将のお勧めを出して貰う方法の三種類。値段は基本的に二万円の中で賄ってくれるが、追加を頼むと大将が、

「少々オーバーしますけど宜しいですか？」

と聞いてくる。一流店で修業したという若い大将だが、自分が考えていた店の切り盛りの仕方があるのだろう。良心的でネタも良く、酢を使い分けた握りも考え抜かれた味で、秀司が好きな店の一つだ。

麻菜はアルコールも好きなので、まずはつまみながら飲んでおしゃべりが出来るおまかせを予約してあった。

秀司は小さな店が好みで、味のわかる大人のカップルがカウンターに三、四組、静かに話したり舌鼓を打ったり大将と一言二言話をしたりしている雰囲気が好きだ。

だが小さな店であるがゆえのリスクもある。

男の三人以上のグループ客だ。ボス猿的な人間が一言二言しゃべると、太鼓持ちが大げさに笑ったり手をパンパン叩いて媚びを売る。そういう連中がどうして高級店に出入りするのか理解に苦しむ。居酒屋にでも行けば周囲に気を遣わずにもっとはしゃげて楽しいだろうにと思うのだが、料理を静かに味わってもらいたいこじんまりとした店にわざわざやって来て、雰囲気を台無しにする。

男はすぐに徒党を組み、周囲を威嚇したがる生き物だ。

たまにそういう客と一緒になってしまうが、その晩はそのようなことは無く、静かに料理とワインと会話を楽しめた。

「私ね、最近お肉をあまり食べなくなったんです。食べなくなったというより、食べれなくなったと言う方が近いかな。大好きだったんだけれど。私、小さいときから動物が大好きで、父や母との関係が良くなかったせいもあるのかな、捨て猫を拾ってきては育てたりしていたの。庭で見つけたトカゲや、お祭りで買ってもらった金魚をすごく大きくなるまで育てたり。兄と釣ってきたザリガニは卵からたくさんの子供が生まれて嬉しかったな。親のザリガニが食べちゃうから網ですくって別の水槽に移したりね。母も最初は怒ったりあきれたりするんだけど、基本は動物好きだったのね。飼い始めると一緒に面倒見てくれたりしていたの。今は小さなアパート暮らしでさすがにそんなこと出来ないけれど。それでね、子供たちが寝静まってからたまにネットで動物たちの動画を観たりしていたんだけれど、グリーンピース・ジャパンやヴィーガン関連のサイトとかインスタグラムで見つけちゃったの。食用の動物たちのあまりにも酷い扱われ方を」

秀司もアニマルウェルフェアについては多少の知識はあったのだが……

きっかけは食の安全だった。初めての子供を妻の裕子が身ごもった頃、健康な子供を迎えるための自分たちの健康について多くを語り合い、自然な方法で子供を産んで健やかに育てたいと思った。

最初に気付いたのは日本酒だったような気がする。もともと日本酒が好きだったが、なぜ悪酔いするのだろう。もちろん飲み過ぎればどんな酒でも身体にダメージを受けるが、特に日本酒が酷いと感じた。そこで調べてみると、大量生産するために質の悪い醸造用アルコールを混ぜ、味を調えるために糖類を添加して作っていたのだ。これでは悪酔いするのも無理無いと思った。そこで純米酒について勉強し、当時住んでいた白金の自然食品の店で扱っていた純米酒を飲むようになった。

次は豆腐。スーパーで売られている殆どの豆腐が、天然のにがりに代えて人工的な化学薬品によって固められているばかりでなく、消泡剤なるものを添加して「合理的」と称する生産方法が採られていたのだ。

ハマチ等の養殖場では狭い生け簀で多くの魚を育てるために、病気を防ぐ目的で大量の抗生

物質が餌と共に与えられており、餌を与えていた漁師が、

「俺たちはこんなもの食わねえよ」

と笑いながら話すのをテレビ番組が放映していた。

中国では日本向けのもやしに漂白剤を吹き掛けて白くしている映像を見た。

「俺たちはこんなもの食わねえよ」

と漁師と同じ言葉を言っていた。

そして牛乳だ。百三十度二秒間殺菌。これが殆どだったが、そんな殺菌方法では栄養素が壊れて毒にすらなるということを知った。一体我々は何を飲み食いさせられているのか。

六十度三十分の低温殺菌牛乳を飲むようにしたが、当然ながら高額だ。

昭和六十年の頃だった。それから三十年以上たった現在でも変わっていない。変わっていないどころか、経済合理性、生産効率という理屈の下に、より一層危険な食品製造が行われているらしいのだ。なぜ政府は国民の健康が危険にさらされているのを放置するのだろう。

そして食用の動物たちの扱われ方に関心が移っていった。最近よく見聞きするのは、工場型畜産とアニマルウェルフェアだ。

乳牛や食肉用の動物たちのひどい扱われ方、生産マシーンにされた雌豚、狭いバタリーケー

ジに閉じ込められてひたすら卵を産まされ続ける鶏。

「それでね、もうお肉とか牛乳とか卵とか、あまり食べられなくなっちゃった。食べようとするとどうしてもあの映像が頭に浮かんできて、無理なの……昨日まで平気で食べてたくせにね。子供たちには安くて栄養があるからどうしても献立に入れちゃうんだけど、私は無理っぽい。雄のひよこはどうなるか知ってる？」

秀司は知っていた。映像を見たことがある。卵の生産工場では雄のひよこは役立たずなのでベルトコンベアーに乗せられ、シュレッダーに掛けられて粉砕される。

「これを見たときは目を疑った。私はいったい何を見ているんだろうって。人間は何をしているんだろうって。泣いて吐きそうになったの」

ベジタリアン、ヴィーガン、ペスカタリアン、フレキシタリアン。

ベジタリアンは以前からよく聞く菜食主義者のことだ。だが比較的緩くて乳製品や卵は食べる人もいるらしい。

それに対してヴィーガンは乳製品も卵も魚介も食さない。

秀司は特にそういう主義主張を持っているわけではないが、年齢的な理由なのか肉にあまり興味を持てなくなっていた。だが魚介は好きで、これは止められないと感じている。こういう生き方をペスカタリアンと言うらしい。いや、たまには肉も卵も食べるのでフレキシタリアンか。

欧米では食用の動物たちがちゃんと飼育され、過剰な抗生物質やホルモン剤、遺伝子組み換え飼料などへの規制もだいぶ前から始まっている。アニマルウェルフェアの教育も行われ、学校給食でもヴィーガンを選択出来るようになっている都市もあるようだ。

工場型畜産の地球環境への悪影響も深刻さが増している。森林を焼き払って牧場を広げ牛を飼い、世界的にすでに貴重な存在となっている穀物と水を大量に与えて牛肉を生産して売っている。環境への負荷が大きいだけでは無く、食料危機を招き、さらに人間の健康にも悪影響を与えていることが科学的に説明されているのにだ。人間が増えすぎて商業主義がはびこり、地球を破壊している現状は誰でも知っているのだろうが、もう止められないのだろうか。

自然は人間を必要としていないが、人間には自然が必要なのだ。

「それにね、またまた元旦那の話で申し訳ないんだけど、大食漢だったの。真夜中に起こされてカツ丼作れ、とか平気で命令する人だった。そんな記憶も重なるのかもしれない。元旦那にはもう恨みや憎しみみたいな感情は何も無いんだけれど、でも思い出すとね、鼓動が早くなったり気分が悪くなったりする」

肉食、大食が「男らしさ」を作るのだろうか。或いは肉を食べる人が男らしく見えるのだろうか。良質なたんぱく質を摂ることは筋肉作りに必要で、ホルモンにも影響を与えるのは確かなことだ。テストステロンを高めるには動物の肉の摂取が効果的であるとも言われている。すると夜中にカツ丼を食べたくなり寝ている妻を起こして作らせる麻菜の元夫は男らしい男なのか。

現在のように日常的に牛肉を食べることを推進したのはアメリカの牛肉を売るためのマーケティング戦略によるものだったらしい。マッチョが画面に登場し、分厚いステーキをガツガツ食べる。そして、

「牛肉を毎日食べるとこのような男らしいマッチョになれます」

と宣伝するのだ。

男はマッチョ、大きな身体、強靱な肉体が大好きだ。だからレスリング、柔道、ボクシングなど格闘技が大好きだ。競技者に自分を投影させて、強くなった気になるのだろうか。

格闘技の起源はギリシャ・ローマ時代で、奴隷同士を、或いは奴隷と猛獣と戦わせ、勝敗が決定的になっても観客は、

「殺せ！　殺せ！」

と興奮してわめく。そんな本を読んだり映画を観たりした覚えもある。事実か否かわからないが、男ってそんなレベルなのだろうと思う。最近読んだ本には、格闘技を観たりフェラーリなどの高級車に乗ると男は男性ホルモンであるテストステロンの値が急上昇するというようなことが書いてあった。高級車やジープやハマーなどの軍用車に乗ると自分が大きく強くなったような気になり、あおり運転や幅寄せをし、戦闘的になって粋がる連中が絶えないというのもホルモンの影響なのかと思うと、男という生き物は二十一世紀に適応出来ていないのではないかと考えてしまう。肉食が時代遅れの男らしさを作り、性犯罪や暴力犯罪、戦争が無くならない理由なのだろうか。一方女性は、身体が大きくてマッチョ、低い声の男にいつまで惹かれ続けるのだろうか。

秀司にとって、デート相手が肉を食べないことには何の支障も無い。毎回和食や魚介でも二人とも何の問題も無かった。魚介しか調理しないミシュランの星を獲得しているフレンチレストランもある。

だがそもそも人類は雑食だ。太古の昔から動物の肉は食べてきた。他の動植物の命を食べないと人間は生きていけないのだ。必須栄養素の一つであるたんぱく質は動物から摂取するのが手軽なのだ。牛を自分で殺して食べることは出来ないが、分業化が進みスーパーで切り身の肉を誰でも買えて、その肉がもともとどういう動物の姿をしていたかなど誰も気に留めない。

そのようなことを麻菜に話すと、

「いいんです。私も、自分のような考えを自分がもっと広めたいとかヒトにわかってもらおうと特に思っているわけではないし、自分がお肉や卵、乳製品を食べないだけ。子供たちにも強制したくない。でも私が食べない理由はちゃんと説明したいと思っているの。秀司さんには私のこんな気持ちを理解してほしいと思っただけなんです」

この話をするには勇気が必要だっただろう。秀司が大の肉好きかもしれないのだ。だが正直に自分の気持ちを秀司に伝えたかったという。秀司は信頼され、愛されているのだろうか。

麻菜とはよく話をした。環境問題、アニマルウェルフェア、ヴィーガンや食事の大切さ、健康についてはもとより、子供たちが成長することの嬉しさと将来への不安、その日の仕事の内容や自分が感じたこと、友人たちの状況。秀司には何でも話してくれているような気がする。

秀司も自分の経験や知識に基づいてアドバイスが出来ることも嬉しかったし、自分が知らないことについてはとても興味深く麻菜の話を聞いた。ベッドの中で、あるいはほろ酔い加減で美味しい料理をつまみながら。

このような話をする付き合いに発展するとは思いもしなかったが、会うたびにとても盛り上がって、麻菜の真摯な考え方にも好感が持てた。正直で優しく話好き、ある意味コミュニケーションに飢えている女性なのかもしれない。ブランド物や芸能界の噂話で盛り上がる友人が多いようにも思えない。

だが、たまに職場の男性に誘われて食事に行ったりするらしい。麻菜はスタイルも良く、美人の方だと秀司は思うし、何より愛想が良くて笑顔が誰からも好かれるようなタイプだと思う。身近にそんな女性が、しかもシングルマザーだとすれば、男から声が掛かっても不思議ではないだろう。

職場の風通しを良くするために部下や同僚を誘うことは、秀司にも日常的にあることで、日本のサラリーマンなら誰もがやっていることだ。複数名で食事やカラオケに行く分には問題ない。だが秀司は職場の女性一人を誘って食事などに行くことは殆ど無かった。セクハラ・パワハラだと誤解されるリスクもある。一方女性とすれば職場の上席者から誘われれば断わりにくいだろう。それが直属の上司なら尚更だ。

実際そんなきっかけから男女の関係になることも多いのだろう。最初は下心など無かったとしても、相手の乗りが良く、酒も入り、そんな雰囲気になってしまえば男はもろい。商社に勤める友人の昭夫が良い例だ。結局、女性側が大きなダメージを被り最後は修羅場となって破綻した。

麻菜の職場の男性はどんなつもりで誘うのだろう。麻菜は日常生活の一コマとして秀司に気楽に話すので、不愉快な思いをしたり傷付くようなことは無かったと思われる。

それでも秀司は少々嫉妬した。嫉妬するということは、麻菜を自分だけの女でいてほしいということだ。秀司にとって麻菜は大切な存在になってしまったのだ。

そんな秀司の顔色を窺って、

「心配しないでね。私にはそんな気は無いし、そもそもそんな軽い女じゃない。何となくモヤモヤして『ハニーパパ』に登録したりしたけれど、秀司さんと知り合ってすぐに退会したし、私は秀司さんが想像も出来ないくらい一途なの」

などと言ってニッコリと笑ったりするのだった。


多方面への関心と話題の豊富さ。世の中の理不尽に対する純粋な批判。一つの話題からどんどん派生し、話は尽きなかった。

「元旦那はね、私と話をすることなど殆ど無かった。自分が興味あることだけが人生で、家族と何かを共有するとか共感することにまるで関心が無かったのね。ビールを飲みながらテレビでプロ野球を観て、つまらなくなったらパチンコに行って大金をすって、二言目には『金貸して』。お酒に酔うと子供の給食代まで探し出して持って行っちゃう始末だった。仕事はちゃんとしていたし、一応生活費らしきものも渡してはくれていたんだけれど……」

後で持って行かれちゃうのなら意味が無い。麻菜にも子供たちにも手を上げたことだけは無かったが、男ってみんなそうなのだろうかと麻菜は考える。そんなはずはないだろう。優しい旦那と結ばれて、仲良く幸せに暮らしている友人もいる。

男運が悪いというのだろうか。

お金の無いつらさはよくわかっている。実家に借りに行けば、いつ返すのか、利息は払うのか、そんなお金うちには無いなどと邪険にされる。生活保護の窓口に相談に行けば、何とか追い返そうと酷い言葉を麻菜に吐くようなこともあった。贅沢を言っているつもりは全く無いのに、嘘などついていないのに、みんな疑って私を見る。結局役所ではたらい回しにされていると感じ、次第に孤立して諦めるまで『いじめ』は続くのだ。周囲や行政に助けを求められない日常に慣らされていくのだ。子供たちの衣類は殆ど友人のお下がりや激安ショップで買った物。自分のおしゃれなど、ここ数年考えたことも無い。ただ安心して子供たちと普通に暮らしたいだけなのに。

でも麻菜は頑張った。預金が底をつく前に、登録していた派遣会社を通じて今の職場に勤めることが出来たのだ。しかもそれがホワイト企業だった。派遣会社との契約期間が終了しても、準社員として直接雇い続けてくれた。こんなことは滅多に無いだろう。幸運だった。正社員ではないが十分だ。安心して仕事と家事と子育てに勤しめた。

それにしても男運ってなんだろう。男によって女の人生が左右されてしまい、それがリセット出来ないなら誰も結婚なんてしなくなりそうだ。子供がいるから離婚を諦めざるを得ないなら、誰も子供なんか作らなくなってしまいそうだ。

政府の改憲派が提唱している憲法改正草案でも、いまだに家族が基本単位であるなどと謳っている。つまりサラリーマンの夫と専業主婦の妻、子供二人。こういうのを時代錯誤というんじゃないのか。独身者は憲法違反なの？　ＬＧＢＴＱ＋、シングルマザー、シングルファザーは？　生涯一人で生きるという選択は出来ないのか。それが自由社会の有り様なのか。

それはともかくもっとちゃんとした人生設計をしておくべきだったと麻菜は思う。結婚や出産を早まったということなのだろうか。

それでも麻菜は子供たちは大好きだ。この世で一番大切な宝ものだ。だから子供たちのために頑張って生きていける。

子供は、ただ存在するだけで母親を、女性を支えている。

妻の裕子は自分の子供たちや孫のことまでいつも気に掛ける。無事でいるのか、何か不足しているものは無いか。今度の休日に会いにこないか声を掛けてみようか。

一方秀司は、子供たちは独立してそれぞれ家庭を築いている立派な大人なのだから頻繁に声を掛けたり呼んだりするのはいかがなものかと思う。向こうが望むならば当然拒絶はしないが、義父義母に誘われたら断わりにくいという心情も理解するべきだと思っていた。

どちらが自然な感情なのだろう。生物学的にはどのように理解されているのか。

実は閉経を迎えても、つまり次世代を残す能力が無くなっても生き延びる動物は稀で、人間、シャチ、ゴンドウクジラだけのようなのだ。しかもシャチやゴンドウクジラは群れの中におばあちゃんがいると孫の生存率が高いということまでわかっている。慣れない母親の子育てを助けたり、外敵から孫を守ったり、美味しい食料のありかを知っていることが役立つようなのだが、まさに裕子のような世話焼きおばあさんの存在が重要だったのだ。これを「おばあちゃん効果」というらしい。裕子は全く自然に「おばあちゃん効果」を発揮していたのだ。

ちなみに「おじいちゃん効果」は全く確認されていないらしい。

秀司のような一見理解がありそうなおじいちゃんでも、生物学的には生きる価値が無いのかもしれない。


もちろん麻菜も子供たちのことが最優先だ。お金の使い道も、まずは子供たちに必要な分を考える。食事、学用品、衣服、お小遣いや学校行事。子供たちには申し訳ないが、それらに掛けるお金も最低限だ。

そして秀司のサポートで、少しだけ、たまのちょっと贅沢な買い物や外食も出来るようになったのだ。

「昨日は子供たちが欲しがっていた運動靴を買わせてもらいました。もう子供の成長ったらものすごく早くて服も靴もすぐに小さくなっちゃうからもったいない気もするの。だけど少しは心の潤いも必要よね。秀司さんありがとう。とても助かっています」

「昨日は長女の芽依の誕生日で、久しぶりにお寿司を食べに行ったの。もちろん回転寿司だけどね。子供たちとても喜んでいた。秀司さんのお蔭です。ありがとうございます♡」

非正規の女性たちの平均年収は二百万円に届かない。

麻菜と秀司の出会いはマッチングサイト、いわゆるパパ活サイトだ。多少の経済力がある男が女性とデートをし、触れ合い、見返りに金銭的なサポートをする。女性には様々な事情があるだろうが、要するに身体を預けて金銭を受け取る。二号、愛人、昔から繰り返されていることながら、サポートという何となくカッコイイ言葉で表現をすると、お互いにリアルな行為への自分の中の批判的な考えを退けることが出来るのだ。麻菜からのお礼のメールなどを見ると、これは人助けでもあるんだ、などと勝手な言い分を考える。

最初の頃はそれで良かった。行ってみたいお店で楽しく飲みながら食事をし、男の欲望を満たしてくれる代わりにサポートをする。それだけの関係のはずだった。だが麻菜とのデートを重ねるうちに、秀司と麻菜はずっと以前から付き合っている気心の知れた恋人のように、全く違和感の無い信頼しあって自然に振る舞える恋人のように、お互いを受け入れるようになっていった。

秀司にはもうキープさんは不要だった。A子ちゃんもB子ちゃんもいらない。麻菜一人で十分だ。なぜなら麻菜は秀司を裏切らない。

麻菜は妻の裕子同様、秀司を裏切らないと確信し始めていた。

秀司は家庭を大事にしているし、この先もずっとそうだ。それは揺るぎない。麻菜も秀司が好きで慕っている様子だが、その先を求めているわけではない。

秀司は六十一歳。麻菜は……出会ったときが四十四歳で、先日誕生日を迎えたので四十五歳になったはずだ。十六も歳が離れている。

だが秀司は麻菜を失いたくないと思うようになっている。何が何でも麻菜を抱きたいわけでもなくそんな歳でもない。単なるパパではなく、恋人の麻菜を守りたくなっている。麻菜とデートの約束をし、会って食事をし、おしゃべりをする。麻菜に慕われている。それだけのことが無性に嬉しいのだ。秀司の承認欲求は十分に満たされている。男は庇護を求められると守りたくなるものなのだろうか。

「私がいてあげないとあの人はダメなの」

先日テレビ番組で、ＤＶで酷い目に遭っているにも拘らずＮＰＯが救い出そうとすると抵抗する女性がレポートされていた。ドラマや映画でもよく取り上げられるシーンだ。

母性本能と解説されるが、最近はＤＶ等による洗脳という解釈もある。理性がオフにされてしまうのだ。さらに被支配願望、つまり誰かに支配されたいという心理も人間にはあるらしい。いじめられても虐待されても暴力を振るわれても離れられない。いずれのケースもあるのだろう。

女性の承認欲求、つまりこの人だけは私を頼ってくれているという自分の存在の確認。それも離れられない要因になるのかもしれない。

男にもそれがあるのだろう。

「オレがいてやらないとあいつはダメなんだ」

これは何だろう。彼女にとっては自分だけが頼れる存在。それはドーパミンが分泌される思考か、あるいは単なる承認欲求が強く満たされるというだけのことかもしれない。

自分だけを慕っている相手を無碍に出来ない。これは恋愛なのだろうか。あるいは男の身勝手な自己満足、おごりなのだろうか。金銭的なサポートで女性が自分から離れにくくしているのかもしれない。そうすると麻菜が秀司に寄せる想いは恋愛感情ではなく、定期的に金銭を稼げる金づるパパということになる。いや、麻菜は正直で秀司を慕う気持ちも本物だろう。愛は金で買えるのだ。

自分は単なるパパ。ある時は恋愛感情のある愛しい恋人。その両者の間を秀司の心が揺れ動く。

どちらでも良いような気もする。いずれにせよ今、二人が付き合っている状況に変わりは無いし、この先もしばらくは続くのだろう。それで良いと思う。

思い悩むことでもないだろう。

例えば夫婦であれば、お互いに何かにお金を使いたいとき、購入したいものがあるときには相談し、家計費から支出することもあるだろう。家の経済を担うのが多くの場合男性だとすれば、男性が女性に金銭的な援助をするのは特段違和感のあることでもないような気がする。ただ秀司と麻菜は夫婦ではなくパパ活関係だというだけの話で。

麻菜との付き合いは一年弱になろうとしていた。ある人類学者は、愛は四年で終わるといっている。まだ一年だ。感情が薄れる様子は二人には無い。一ヶ月に一度かせいぜい二度、会うような関係だからかもしれないが、二人はお互いに飽きるなどということは全く無いように思えた。相変わらず話は尽きないし、身体の相性も段々良くなっていくような気もする。麻菜の子供たちはお金が掛かるようになってくる。秀司はサポートの額を増やしてあげたいと考えるようになっていた。出来るだろうか。秀司は六十四歳までの雇用延長社員なのでボーナスは出ない。月額給与も現役時代の半分だ。だが年金が出始めているので、生活に困るようなことは無さそうだ。何とか麻菜を支援し続けたい。麻菜は秀司を慕っている。麻菜の愛に応えたい。そう、二人はお互いの愛を信じ合う仲になっていたのだ。不安は感じなかった。

十七

「私ね、大腸にあった影はやはり癌だったらしいの。手術したいと思うんだけど」

ある晩、妻の裕子から報告され、秀司は少なからずショックを受けた。

裕子は定期検診で影が発見され、その後一定期間毎にＣＴや内視鏡検査などを受けて経過を観察していたが、どうやら癌であることがほぼ確実だと判断されたのだ。その後裕子は書籍やインターネットで勉強もし、自分がどうするべきか考えていた。

癌であることが告げられてから二、三回、頻度が上がった定期検診のたびに裕子一人で医師と面談したが、治療方針を決めるに当たって秀司も診察に同席することにした。

秀司くらいの年代には癌という言葉は特別な響きを持っている。現在は癌は治る病気で、早期に発見出来れば社会復帰もさして困難ではない種類のものもある。昭夫が良い例だろう。

だが秀司本人は胃と食道にいつ癌になってもおかしくないと医師に言われている爆弾を抱えているし、父親は癌で死んでいる。裕子は親しかった叔父と従兄弟を亡くし、それに親友も一人癌で他界している。そんな六十代半ばになろうとしている夫婦にはまだまだ癌は死をイメージさせる脅威なのだ。

場所は家から遊歩道や緑道を歩いていける地域の拠点病院だ。その日はよく晴れて、裕子が好きな明るくてそよ風も吹く良い日だったが、普段は冷静で気丈な裕子も、言葉少なくうつむき加減で歩いていた。

前の晩、二人でよく話し合った。子供たちはみな家を出てそれぞれの人生を歩んでいる。家のローンも完済している。六十五歳になれば雇用契約は切れるが厚生年金に加え企業年金も受け取れるので、贅沢をしたり事件・事故に遭ったり大病を患うようなことが無ければ生活には困らないだろう。裕子の地道な努力のお蔭で多少の蓄えと投資資産もある。

「まだ行ったことの無い日本各地の温泉巡りをしたい、キャンピングカーで日本の各地を回ってみたい、クルーズ客船で地中海を巡ってみたい」

これは裕子と二人で参加した銀行のセミナーで、エンディングノートに裕子が記した今後やってみたいことのリストだ。秀司に厳しい言葉を吐いたり嫌みを言ったりすることなど無く、自分から何かをしたいと秀司に迫ったことも無い。そんな裕子が実はこのようなやりたいことを考えていた。夢を持っていた。知らなかった。

一方秀司は高級寿司店の食べ歩きや、遠くに海の見える小さな週末住宅で、瞑想とヨガと地元の食材を使った料理に没頭するのが夢だった。もちろんお酒、特にワインは欠かせない。

二人の夢は他愛無い。リタイアを間近に控えた日本のサラリーマンと、家庭を実質的に支えて子供たちを育て上げた日本の主婦という平凡なごく普通の夫婦だ。

だが今は自分の夢や希望などどうでも良いと思えてくる。裕子の夢を実現させたい。


裕子はたとえ小さくても、たとえリスクがあっても、手術して患部を除去してしまうことを希望した。裕子なりに考えた結論なのだろう。

担当医師は迷っていた。成長が早く一気にステージ四になるような進行性の癌ではなさそうで、他の臓器へ転移している可能性も少ないと思われた。したがってもう少し様子を見ながら検査を進め、危険な癌で成長していることを確信してから手術することも出来る。ここは患者の判断に委ねるしかない。まだ内視鏡で除去出来る段階なので、手術をするとすればその方法を提案していたが、周囲への浸潤の具合や内視鏡では除去の判断が難しい場合もあり、場合によっては除去そのものを諦めるか開腹するかの選択となる、などの説明を受け、セカンドオピニオンを求めることも勧められた。

秀司の父は、膵臓癌が肝臓に転移して開腹手術を受けたが、とうてい除去出来るレベルではなくすぐに腹を閉じられてしまった。母は手術前に他の医師の意見も聞いてみたいと言ったが、父も秀司もそれには反対した。もう遅いだろうと悟っていたのだ。気丈だった母が悲しみに直面し、とても小さく痩せて見えたことが印象に残っている。

裕子は担当の医師を信頼しており、セカンドオピニオンなどで迷いが生じたり辛くなるようなことはしたくないと前の晩話をしていたので、医師には手術日の調整とその日までのアドバイスをお願いした。その病院では手術を行うときには委員会に諮ることになっているらしく、その後各部門と調整をした上で執刀日が決まるので、早くても一ヶ月から一ヶ月半くらい先になりそうだという。

長い期間にも思えるが秀司たち夫婦には準備期間が必要なので、むしろそのくらい後の方がありがたかった。子供たちや親戚に伝える方が良いのかも考えどころだ。

少々油断していたのかもしれない。秀司は裕子が愛おしく大切で、感謝している。そしていつまでもそばにいてくれると思っていた。

万が一裕子が他界したら……

秀司は途方に暮れるだろう。三十年以上一緒に暮らし、子供を二人育て、いつも一緒にいた。いつも同じ景色を同じ視点から眺めていると思っていた。

裕子はいつも子供たちに寄り添い、相談に乗り、アドバイスや自分のへそくりから金銭的な援助も与えていたらしい。秀司はその間、煩悩にかまけていただけではないのか。忙しかったこともあるが、夫婦がそれぞれ仕事を続け、自立した個人として人生を送りながら家事育児は全く平等に、負担ではなく当然の日常として楽しむ。そんな若い頃の理想はいつか遠のき、子供たちや家庭のこと、家計のコントロールも殆ど裕子に任せっきりだったではないか。

テレビドラマによくあるような、家のことや子供たちのことはお前に任せてある、などと言ったことは無いし、そんなつもりも全く無かったが、実際はそうなっていたようなのだ。

六人の年寄りを送ったが、その内の四人は秀司の両親と叔父夫妻。にも拘らず裕子は献身的に世話をし、老人施設を探し、老人病院を探し、車であちらこちらに出向いて交渉し、一人で殆どの必要な付き添いや手続きを担ってきた。それを考えると今でも裕子には頭が下がる思いだ。

子供たちのこと。世間や親戚とのつながり。家計。今裕子がいなくなったら秀司は自分の家の、家族の、何を知っているというのか。秀司一人でいったい何が出来るというのか。

裕子は賢く、秀司の行動を詮索したりしつこく聞き質したりしない。聞いたところで何の解決にもならないことを知っている。そんなことを問い質したりすることに何の意味も無いことを知っている。

だからお互いに自由なのだ。相手の価値観を尊重し合っているのだ。秀司はそう思っている。きっと裕子も同じ考えに違いない。

だがそれは秀司の一方的な思い込みで、裕子は秀司の「遊び」に気付いており、悩み苦しみ、悲しんでいたのではないのか。

秀司は裕子を裏切ったとは思っていない。だが愛の裏切りとは相手が判断することなのかもしれない。セクハラやパワハラは相手が不愉快だと感じたら、それはハラスメントなのだ。もし裕子が気付いていながらもそれを明るみに出さないでいたのだとしたら。秀司は裕子の信頼を裏切っていたのだろうか。

秀司は大きな勘違いをしていたのかもしれない。ある著名な脳科学者は、不倫遺伝子を持つ人間は五〇%だと言っているが、秀司は、チャンスがあれば男は誰でも浮気も不倫もするものと思っていた。友人の昭夫もその類だ。それは本能なのだから、環境変化を乗り越えて生き抜いていく自分の子孫を残すための遺伝子の生き残り戦略なのだからと自分に都合の良い言い訳を常に携えて生きてきたのだ。

だが、麻菜、幸恵、奈保子、美月、理佳子、みんな都度真剣に愛してきた。少なくとも秀司はそう思っている。そしてみんな、夫に、男に振り回されてきた。秀司だけが違うと言い切れるのか。相手は秀司をどのように記憶しているのだろう。

愛というものを勝手に解釈していたのだろうか。そもそも愛という言葉はキリスト教文明のアガペーを翻訳したもので、それまで日本には愛という概念は無かったという。明治までは日本は仏教国で、愛とは相手への執着を表し、相手の幸せは関係無く自分の欲求を満たしたいという概念だったということなのだが、秀司の愛はそれだったのではないのか。キリスト教ではエロス、フィリア、アガペーという三種類の愛があり、エロスとは満たされないものを求める欲求、フィリアは友愛、アガペーはエロスとは逆に自分が相手に与えるもの。だが日本語に訳すとすべてが「愛」となる。外国映画に出てくる「愛している」という言葉は三つのうちのどれだかは深く考えずに聞いているが、日本では「愛している」というのは何だか照れくさくて重くて、堂々と言える人間は少ないだろう。

秀司も言葉でそれを言うことは無いが、女性を愛していると漠然と思ってきた。だが本当に愛しているのは、与える愛、無償の愛は誰に対する愛だったのだろう。

愛は虚構だ。単なる概念で、たまたまそれが二人の間で共有されていることがわかると恋愛になるが、男は不安や危機への対処を準備する能力が女性より劣るという説もある。男の愛の虚構が妄想となり、事件となる。

だが秀司はいつも、疲れるくらい失恋への準備をしてきた。愛は実在していない。実在しないのだからいつでも泡と消えてしまう。秀司にとっては愛を実在させるのが結婚であり夫婦になることだったのだ。


女性たちに優しく接してきた。みんな愛おしいと感じていた。だが何十年も与え続けられる愛を誓えるのは妻の裕子だけなのだ。複数の女性を同時に愛せると思って生きてきたが、それは本当の愛ではなかった。今秀司が考える愛とは、単なる異性愛ではなく愛着でもない、夫婦の愛というものなのだ。性愛ではなく、尊敬であり友愛なのだ。

人間は動物だ。だから人間は本能で生きている。人間には煩悩もある。だが人間は本能や煩悩だけで生きているわけではないのだ。

裕子に癌が発見されて、手術を受けることになったのがきっかけで、秀司は今までの自分の生き方を見直す機会を得た思いだった。裕子を大切にしなければいけない。裕子が病院から帰らぬ人となることなど想像も出来ないが、それ以前にこの夫婦関係をより良く、強固に、素敵に完成させなければならない。それが秀司の目指した人生だ。遊んでいる場合ではない。裕子の寛大な心に甘えて存分に好きなことをやってきたではないか。

これからはもっと裕子との時間を多く持ち、寄り添って……今までの罪滅ぼしなのかもしれないが、それでもいい。裕子に感謝して生きていこう。

裕子がエンディングノートに書き記したこれからの人生でやりたいことを一つずつ実現していこう。二人が元気に出歩けるのはあと何年くらいだろう。急ごう。病院から帰ってきたら、まず旅行に行こう。新婚旅行で行った伊豆の料亭旅館もいい。夜は軽く飲みながらこれからの旅行計画を楽しく話し合おう。

秀司には「おじいちゃん効果」は無いが、裕子の「おばあちゃん効果」をサポートしていこう。

麻菜との関係はちゃんと清算するべきだろう。過去においては秀司の女性との関係は自然に消滅することが多かった。はっきり言われて深く傷付いた経験があったことから、女性にははっきり別れをつげることが躊躇われたのだ。徐々に連絡の間隔をあけ、空気を読んでもらい別れの準備をさせたかったのだ。

だが今回は、麻菜だけではなく、妻以外の全ての女性との決別なのだ。二度と裕子以外の女性との恋愛も、大人の関係も持つことは無い。

一旦別れてもひょっとすると関係が復活するかも、という期待もお互いに持つべきではないのだ。

もう会えないと麻菜に伝えるのはつらい。正直に話すべきだろうか。この理由なら麻菜を傷付けることは無いと思えるが、一度結婚に失敗している女性に、やはり妻を愛し尊重し続けることに決めたと告げるのはどうなのか。

だが妻に病気が見つかったのだ。麻菜も大人の女性なら理解と了解を得られるだろう。二人の始まりはパパ活だ。お互いに納得ずくで付き合い始めたことだし、愛を感じてはいたが依存し合ってはいないはずだ。何の約束も束縛もしてこなかった。この関係がいつまでも続くとは思っていないだろう。

サポートが無くなるのは辛いだろうか。いや、もともと無かったのだ。元に戻るだけだ。

「麻菜ちゃん、こういうことは会って話すべきなのかもしれないけれど、会うと気持ちが揺らぎそうなのでここで伝えます……」

十八

もちろんいつまでも続くとは思っていなかった。でももう少しこの幸せに浸っていたかった。また三人の生活に戻るのは正直言って、ものすごく寂しい。もう少し準備期間をくれてもいいのにと思う。徐々に連絡を取り合う頻度が減っていくとか、次に会うまでの期間が長くなるとか。そうすれば心も身体も時間の使い方も夢の見方も、会わないことに慣れてくるのに。

奥さんが癌の手術を受けるので、治療に取り組む奥さんに少しでも長く寄り添って応援したいと書いてある。

本当だろうか。私に飽きたから別れるための方便ではないのか。

いや、そんなことを考えても意味が無い。彼を疑うことなどしたくない。

確かなことは一つだけ。もう会えないということ。

サポートは不要だからまた会ってほしいと伝えてみようか。いや、彼の文面に迷いは感じられない。受け入れられるはずはない。未練がましいことは止めよう。

私が悲しみに耐えればいいだけのことだ。一年前の私に戻るだけ。また我慢の日々だけど、彼は私を本当に愛してくれた。それだけでいい。彼を失う悲しみや辛さは時間の経過が癒してくれるだろう。でも二人が愛し合った事実は変わらない。愛は消えない。

そうよね、秀司さん。

貧しくても辛くても私は自尊心を失わない。秀司さんは教えてくれた。私は背筋を伸ばして誇り高く前を見て歩いていると。ありがとう。私はもっと自分を愛していきます。


「秀司さん　ご連絡ありがとうございます。

奥様のこと、ご心配ですね。早くお元気になられるよう祈っています。

二人の関係については承知しました。悲しいけれど仕方の無いことですね。

この一年は私の人生で一番幸せでした。本当にありがとうございました。いつも私のことを気遣ってくれて、素敵な経験を沢山させてくれて、サポートもして頂いて、心から感謝しています。

出会いはサイトだったけれど、秀司さんのことは本当に好きだった。愛していました。この愛は一生消えません。

もう男の人とお付き合いすることは無いと思います。これからは子供たちの成長を見守って、秀司さんが教えてくれた「おばあちゃん効果」を発揮出来るように素敵に歳を重ねていければいいなと思っています。遠くから見守ってくださいね。

秀司さん。さようなら」

エピローグ

今まで付き合いのあった女性はみんな男に翻弄されていた。たった一人の男の影響で人生が大きく損なわれていた。そんなことがあって良いのだろうか。間違って結婚したら人生をやり直すことが出来ないのか。同じ方向を向いて幸せを求めることが出来ないことがわかったとき、なぜやり直しが出来ないのか。納税や子育てなど、権力者に都合の良い世の中にするために別れにくい制度を作っているのだろう。或いは政府の重鎮たちがこだわる日本の「伝統的な価値観」というものが離婚をしにくくしているのか。権力者はほとんど男だ。特に日本の場合は。妊娠・出産は女性の最大の能力だし権利だと思っていたが、それが人生を損なうことに繋がっているとすれば、何と悲しいことだろう。

秀司は女性をもてあそぶような、女性を軽んじるような男だと思われたくない。そんな男たちと同類ではないのだ。

急ごう。手遅れにならないうちに。裕子を大切にしよう。裕子の幸せを最優先に考えていこう。

秀司の終業時間は十七時三十分だが、そんな時間に帰る人間は一人もいない。用事があるときは外出して直帰するという方法を取っていたが、今日は職場から帰宅しよう。今後はこのような日が増えるだろう。入社後初めての時間ぴったりの帰宅だ。上司の顔色を窺う必要も無く、勤務態度や仕事の成績で報酬が上下するわけでもない。考えてみれば気楽なサラリーマンだ。銀行といえども優秀な一握りの社員が全社分を稼いでくれている。仕事は彼らに任せよう。これからは裕子と二人で人生を完成させる季節を満喫するのだ。電車は思いのほか混んでいたが、妙に清々しい気持ちだ。帰宅したら真っ先に裕子に旅行に行く提案をしよう。

早めに帰ることはメールで裕子に伝えてあったが、実際に姿を見せるとさすがに驚いた様子だった。夫不在の典型的な日本のサラリーマン家庭だったのだろう。

雑誌や生協が配付しているレシピを見ながら料理をしている。こんな裕子の姿を見るのも久しぶりだった。片付けや洗い物に台所に立つ姿は見ていたが。

「あら、随分早かったのね。お料理はあと三十分は掛かるわ」

「いいんだよ。今夜はゆっくりしよう。ちょっと話をしたいこともあるし」

「私も話があるの。病気や子供たちのことじゃないんだけれど、ちょっと重要な話」

「もちろん。裕子奥様のお話から先に拝聴いたします」

料理が、あとは少々時間を掛けて煮込むだけとなったので、お気に入りの赤ワインの栓を抜いた。ブルネッロ・ディ・モンタルチーノというイタリアの有機農法を実践しているワイナリーで、エチケットには赤い葉で覆われた樹木が描かれている。エチケットも味も色も裕子のお気に入りで、初めてのデートの時に思い切って注文してみたのが大正解で、以来記念日などによく買ってきたものだ。少々高いが、ここは奮発する場面だろう。


いきなり旅行に行こうでは何だか取って付けたようで決まりが悪い。前置きが必要だな、などと考えながら食卓の椅子に座る。裕子の椅子はマリオ・ベリーニのキャブというスチールパイプを革で包んだようなデザインだ。新婚時代に二人がそれぞれ気に入った椅子を買おうと決めて、裕子はこれを、

「私これがいい」

と即決したものだ。裕子らしく迷いは無かった。秀司は学生時代からあこがれだったハンス・ウェグナーのYチェアという椅子で、二人とも三十年以上使っている。今さらながら購入

した新婚時代が懐かしく思い出される。三十年以上使い続けている椅子に座って三十年以上連れ添った妻とワインを飲みながら他愛の無い話をするのだ。こういう時間を大切にしていこうと思った。

「裕子の話から先に聞くよ。どんなこと?」

「病院から無事に帰ってこれたら、私と離婚してください」

著者略歴
白金かおる（しろかね かおる）

一級建築士。宅地建物取引士。

東京生まれ。大学の建築学科卒業後、設計事務所、自治体、総合商社等を経て建築事務所を設立し、建築コンサルタントとして活動。社会の様々なテーマを取り上げた小説を執筆中。

愛《いと》しき女性《じょせい》たちへ

2023年9月29日 第1刷発行

著 者 白金かおる
発行人 久保田貴幸

発行元 株式会社 幻冬舎メディアコンサルティング
〒151-0051 東京都渋谷区千駄ヶ谷4-9-7
電話 03-5411-6440（編集）

発売元 株式会社 幻冬舎
〒151-0051 東京都渋谷区千駄ヶ谷4-9-7
電話 03-5411-6222（営業）

印刷・製本 中央精版印刷株式会社
装 丁 大石いずみ

検印廃止

Printed in Japan
ISBN 978-4-344-94306-3 C0095
幻冬舎メディアコンサルティングＨＰ
https://www.gentosha-mc.com/